青檸色時代

林薇晨

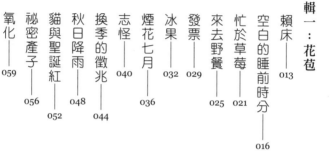

輯二：身體髮膚

輯三：氯氣

輯四：檸檬

推薦序

李瑞騰

這幾年，因范銘如教授的邀請，我到政大台文所兼課。因為自己本職工作很多，無法每學期去，考慮實際的需求，就幾門實用傾向的課輪著開，如「文藝行政」、「台灣文學編輯專題研究」、「出版產業與台灣文化發展」。整體來說，政大台文所的研究生，程度不錯，也都很認真；我來去自在自如。

二〇一七年秋天那個學期，我開的是「台灣文學編輯專題研究」，一位傳播學院傳播碩士學位學程的研究生選修了這門課，她是林薇晨。我教文學編輯，除了編輯，涉及文壇和文學史事甚多，感覺上薇晨都不陌生；研究生在上了幾個星期課以後，都必須自訂一個題目，學期間要口頭報告，學期末要繳交一篇書面論文，薇晨想探討柯裕棻編的九歌版《一〇二年散文選》，我欣然同意，開始有了一些關於柯裕棻和九歌年度散文選的討論，她畢竟是學傳播的，雖沒有編輯實務經驗，但很快就能跨學科了。

比較熟了以後，她告訴我她在《人間福報》的副刊寫一個叫「日常速寫」的專欄。我當下應該說是驚喜吧！我日讀福報，必先看副刊，當然讀過週五的「日常速寫」，那些全取材於生活的小品散文，語言靈動，感覺相當細膩，時有讓我驚豔的敘寫，也可以看出是一位新時代的都會女孩，正凝視著她所在的這個城市。

學期結束了以後，就再也沒見過她，但通過這個專欄，知道她在寫碩論，知道她去遙遠的地方旅行了，知道她去了餐廳工作，知道她在城市裡穿行，或立足在某個角落靜靜的看著花開花落，以及天光雲影的變化。我平常不大和學生聯繫，但每當翻閱報刊見著學生的詩文，都像街頭偶遇，得知他們一點近況；但像薇晨這樣速寫日常，好像固定時間來報告，還不曾遇過。

最近她來信說了近況，包括畢業、得獎等等，也提到了她的寫作，並探詢關於出書的事，附加檔案中並有一本整理好的書稿。她是如此用心經營她的專欄寫作，這麼有耐心，寫到第四年，合當有一本書了；我想起她當年的專題報告寫九歌，把她的書稿轉給了九歌的陳素芳總編輯，請她讀讀看。

薇晨精選了約五十篇，略分四輯，以「青檸色時代」為名。她曾在泰式餐廳工作，信裡說，檸檬是泰式料理常用食材，以此作為書名，也代表她青澀的學生歲月。

其實，薇晨有很強的寫物能力，也富含想像；她的散文，情感流動有節，不論語言或思想，都已不再青澀。九歌願意出版這樣一位文壇新人的純散文，我深深感動。

輯一：花苞

賴床

冬天的早晨，賴床是一種醒神的體操，惺忪的人總要反反側側，磨磨蹭蹭，努力換過各種姿勢之後，暖身完畢，方能勇於離開被窩裡，自己的溫熱。

這兩年來，冬天整個延後了。日子總是進入一月才漸漸冷卻，直到三月四月，還有教人哆嗦的寒意，也不知道算不算春寒。

鐵錚錚的冬，固若金湯的冬。於是春季也來得更遲了。

茶壺在廚房的爐台上默默煮著，水滾了，壺嘴嗚嗚奏起尖銳的笛聲，震耳欲聾，成了報曉的鬧鐘。我在睡夢中聽見茶壺的聲響，像一隻冬眠的蟲，緩緩甦醒，隨手抓了件針織外套披上，很不情願地起身到廚房去熄火。這時我才恍然想起，清晨母親出門前，似乎曾經囑我下床照看茶水，大約我在夢囈中似懂非懂應允過了。

火燒屁股的茶壺不再銳叫。陰天的廚房裡，水蒸氣與水蒸氣凝聚成白煙，噴上窗戶凍得冰涼的壓花玻璃，那凹凸玲瓏的海棠圖案的表面，起了濛濛的薄霧，發霉也似。我輕輕抹去霧氣，看那海棠玻璃的幾何形狀。花心軋出四枚背對背的月牙，月牙尾端的四個缺口各自生出一顆水珠，滾邊十字花瓣裡密密麻麻布滿小圓點子。一朵海棠連著另一朵海棠，上上下下，極其工整的排列。遠看是美術的氛圍，近看就覺得只剩數學了。我喜歡數學，可是缺乏孜孜尋覓標準答案的興致，不求甚解，於是數學也成為引睡媒了。

挨過驚蟄的響雷，我又縮回床上。一隻爬行於海棠與綾羅之間的塵蟎。我模糊揣想窗外的氣溫與不知何時才會盛開的春花，感覺一切都離自己極遠極遠。也或者，遙遠的是我，是我自己遷居杳無人煙的極地，不知甲子，千年萬代過著散漫的星期天。貝恩德·布倫納寫道：「人在睡夢中往往是最孤獨的。」其實清醒時分又何嘗不是，然而在故步自封的單人床上，不必與誰分享棉被、毛毯、靠枕、自己的體溫，那是多好的事情。

賴床是一種華貴的排他。賴床的人拒絕自己之外的萬事萬物，拒絕鬧鈴，拒絕天光，拒絕雨或雪，拒絕早餐，拒絕咖啡香，拒絕郵差與信，拒絕晨間新聞，拒絕梳洗，拒絕通勤的車陣，拒絕已成今日的翌日，拒絕克制的美德，拒絕任何關於振作與行動的提示。冬天不也睡晚了，趕不及出席台北的十二月。等到冬天過去就會好一點了，這出世的懶與倦，病徵也似。賴床的人蜷在雲霓質地的被窩裡，自己對自己暗暗開解與發誓，然後安穩遁入黑甜的睡夢。

直到不甘寂寞的文鳥從籠裡飛出來，在手背上一跳一跳。袖珍的爪子微微銳利，踏在肌膚上刺刺撓撓的，癢，痛，宛若觸電一樣。這種感覺，好像各種零零落落的瑣事，也說不上是煩或者不是，只是恆久張著袖珍的爪子，在心上一跳一跳，每踩一步便有一種淺顯的針砭，不疾不徐，召喚賴床的人從他的百年大夢裡好好醒過來。

醒過來之後就該換季了。一日之計一年之計一類的格言就該捲土重來了。不知道該算是冬雨還是春雨的，文鳥爪子似的冷雨，尖尖地下了一整晚，捉住每一隻花苞。有一點癢，有一點痛。

「知否?知否?應是綠肥紅瘦。」

我起床看看廚房的壓花玻璃窗上，那凹凸玲瓏的海棠花田一貫剔透，齊整，哪裡有什麼綠肥或紅瘦。

空白的睡前時分

每一天我最期待的時刻，便是睡前那靜靜躺著的幾分鐘。

這樣的時刻非常奢侈，懂事以後，失能以前，一個人究竟能有幾天享有它呢。它是從作息縫隙裡蒐羅而出的預留物，自己給自己撙節下來的，最後一塊光陰的櫻桃派，切割得乾乾淨淨，平平整整，無須再與任何人事物分享。睡眠與夢境總是難以約束，那畢竟是另一種意識的世界，然而入睡方式卻可以由自己決定，如同挑選一頂軟呢睡帽或一枚羽絨靠枕。世人尋覓諸般助眠的道具，講究床墊、被褥、壁燈、眼罩、古典音樂、精油、紅酒、香蕉牛奶、瑜伽、按摩，其實最重要的或許是在睡前靜靜躺著，氣定神閒，將時間重新揣在手心裡。

不同的入睡方式確實帶來不同的睡眠質地。熬夜後的拂曉，眼皮塌極塌極，人在終於撐持不了的時候躲向被窩的懷抱，一倒頭就睡著了，簡直墜谷也似，疾疾落進睡眠的萬丈深淵，彷彿還能聽見一聲衝撞的咕咚，伴隨水花四濺。吃完感冒藥後的睡眠，則是一點一點失去自我控制，神識給一隻沉甸甸鐵錨勾住，又重又失重，逐漸淹沒在湯燒火熱的波濤中。至於百無聊賴而生出的呵欠瞌睡，同時兼具倦意與歉意，像套著個透明游泳圈，不上不下，忐忐忑忑，倘若能夠收攝精神，想必沒有誰願意在眾目睽睽中引致晝寢的尷尬。上述幾種情形，有的是對於睡眠的主動渴切，有的是對於睡眠的被動推進，到底都不能算是上品的入睡方式。

然而，這些至少都是有得睡而睡得著的時刻，並且多半能夠睡得甜美安穩。真正難挨的還是那些失眠的黑夜，欲睡不能睡，欲夢不能夢，也許是傍晚喝了咖啡喝了茶，也或許是心頭積了白雪與烏雲，因而徹夜輾轉不止。睡不下去，卻不等於精神抖擻，身體疲累，腦筋昏昏糊糊不辨東西，即使有意把握時間起床讀書寫作，也是徒勞與罔效。在這種時候，人只有默默等待，等到某些化學物質在血液裡緩緩消解，如同深夜電台播完最後一首歌。在收音機裡的遠方，高野寬唱著〈能在夢中相會吧〉（夢の中で会えるでしょう）：「如果選出愛的詞語，我將會寫信給你。用你遺留的藍色原子筆，想念著花也似的你。」清清淡淡的曲子，一旦開始了就平順地通往結束，餘韻裊裊。

最好的入睡方式應像〈能在夢中相會吧〉的曲風一般清清淡淡。不甘求，亦不受迫，就讓睡意輕輕降臨，近乎迎接。唯有在純粹的悠閒中方能生出毫無雜質的恭敬。然而，這樣空白的睡前時分絕非日日可遇，它非常難得，它的可貴來自日常的自律與刻苦。為了擁有這著意封存的幾分鐘，一個人必須確保自己是自由的：今日事今日畢，不為諸般事務魂牽夢縈，心房鬧鈴關閉。所謂高枕無憂。但是，當然，這一切終究只是導致另一方面的不自由，不過是截長補短罷了，那長與那短都在同一件衣服上。

日常生活的格律是難以避免的物事，即使一心想著打破格律，那也終將成為另外一種格律。然而，有人說格律是音樂，有人說格律是遊戲。或許只有對於不夠熟能生巧的人而言，格律方是一種苦行。如何將日常生活過得熟能生巧呢？這實在是個相當弔詭的問題，因為「將日常生活過得熟能生巧」也就意謂接納了習慣了，近乎沒有思想地，將自己運作成一部精工細做流暢無礙的機器。換言之，格律的破除竟是藉由格律的行使而得以實踐。這個道理，乍一思索是很荒唐的，仔細想來方才明白其中隱含的現代式的悲哀。宛若徵詢一隻錦鯉：如何將游泳游得熟能生巧呢？游得再巧，終究還不是棲在池塘裡？

這種時候，我就忽忽領悟，所謂高枕無憂或許並非毫無憂愁，而是能在入睡之前，深深一呼吸，好好將那些煩惱整理過一遍。空白的睡前時分，那空白並不是零，而只是收納井然。

里見弴有一篇掌中小說〈茶花〉，發表於一九二三年關東大地震之後，敘述一對喬遷不久的姑姪的子夜。萬籟俱寂的時間，那姪女業已入睡了，那姑母側臥在被窩裡，就著燈罩低垂的熹微的台燈，讀一本講古雜誌。房間裡太靜了，靜得可以聽見翻身的窸窣，以及遠方短促的汽笛。驀然，從壁龕的青瓷花瓶裡，一輪碩大赤紅的茶花凋謝了，整朵倒扣在枕頭附近的榻榻米上，啪地一聲，驚醒了夢中的姪女。姪女惺忪睜眼，嚇了姑母一跳，那姑母倒又嚇了姪女一跳。兩人低低談起那淌血似的鮮紅落花，疑神疑鬼，語帶戰慄，只是推托著不敢收拾。故事結束於姑母假寐作弄姪女的促狹舉措，兩人以無邪的爆笑聲驅散了茶花斷首的不祥氛圍。

在黑暗的睡前時分，我常常想起這段莫名的故事。似乎說破了什麼，又似乎沒有。似乎別有弦外之音，又似乎沒有。一切都在幽玄曖昧之中，蒙蒙杳杳。

最好的入睡方式正是這樣，睡意如同早春的雨絲飄落於理智的湖面，綻出淺淺的漣漪，然後擴展復擴展，同心圓復同心圓，終於在極致的邊緣消散了。

忙於草莓

二月的週末早晨，也無風雨也無晴的日子，最適合造訪草莓園。戴著繡花草帽的兒童，拿一把安全剪刀，剪下她生命裡第一顆草莓，歡喜放入手推車裡，漸漸堆出一座小紅山丘，堅持要推，推不動也要推。小小的草莓，小小的手心，小小的草莓比小小的手心還要大。最豐碩的草莓總是藏在最茂密的綠葉底下，在肉眼看不見的地方，一串匍匐的果實紅著，發痛似的紅著。讓那孩子來拯救它們吧，讓她來研判，這顆適合採擷，那顆不適合。

街道旁的草莓小販，擺出一桌形形色色的草莓，坐在一邊進行分類的工作。大顆的裝一盒，小顆的裝一盒，漂亮的裝一盒，不漂亮的裝一盒，精挑細選，加工包裝，從而決定了草莓的價值與價格。另外那些特別完美的草莓，盒子裡墊著雪白的泡綿，盒子外繫上緞帶花或蝴蝶結，堂皇地成為了禮物，功能明確，專為饋贈而存在。小販既不兜售亦不促銷，只是安安靜靜坐著，安安靜靜，草莓的紅與香自己形成了無形的招牌。

晌午的便利商店裡，客人排起長長的隊伍，買草莓霜淇淋。收銀機後，店長兩手亂著結帳，又忙不迭向店員囑咐道：「草莓之後一枝巧克力的，之後再兩枝草莓的。別弄混了！」那店員歪著頭操作霜淇淋機器，瞄準了出口，等待粉紅的螺旋翩翩而降，等待領到霜淇淋的客人，擎著冷冽的火炬，照亮臉蛋幸福的神色。唉呀唉呀，不能讓它融化了，不能不能，可是它一滴一滴，滴下來了。眾人努力舔舐著，舌尖又軟又涼又甜。

照顧果汁攤的老闆，自冰箱取出一盒草莓，揀幾顆放進量杯，把量杯擱上磅秤。不夠。於是他又放進幾顆，展示給客人看他的商人的道德。然後，他慢慢摘除草莓纓子，一朵一朵，一朵一朵，同時仔細清洗果實，按摩也似，水槽的濾網裡積了滿滿的蒂與葉。果汁機裡倒入草莓，牛奶，與一瓢開水，按下鈕鍵。紅白紅白。紅白紅白紅白。紅白紅白。紅白。紅白。紅白相加等於粉紅。草莓的肉身消失了，但是一杯濃郁的草莓牛奶送上來了。

少年少女坐在午後的咖啡店裡，指尖捏住小銀叉子，緩緩切割一塊慕斯蛋糕。蛋糕上的草莓應該最先吃呢？還是最後吃呢？懸宕在空氣中的叉子，像一隻失措的小手，搖擺不定，經典的青春期的抉擇與躑躅。於是他們只好閉上雙眼，把嘴唇噘成一顆糖漬草莓，等待某個誰，溫柔而珍惜地嘗一嘗。如同流行雜誌裡的心理測驗遊戲：告訴你的心上人，你的手心沾了草莓的香氣，讓他聞，他湊上鼻子的表情便是與你初次接吻的表情。

晚餐時刻，新聞主播戴上胸針，戴上假睫毛，戴上微笑，只為了報導新興的白草莓。農人快樂地接受採訪，滔滔談起許多改良與苦思，終於盼得甜美的成果。那些工都沒有白白做，那些汗都沒有白白流，那些雨都沒有白白落，那些月光，曬在深夜的阡陌之間，照出輕盈的陰影。那麼，一顆白草莓有多甜呢？據說就像水蜜桃一樣甜。那麼，一顆白草莓有多貴呢？據說一顆要價兩百元新台幣。大一點的三百元。

受不了這些的觀眾，索性關掉電視，扭開收音機，聽廣播電台放一首〈永遠的草莓園〉（儘管這曲子與草莓無關）。哀愁的歌曲悠悠忽忽流出來，藍儂與他的夥伴唱道：「讓我帶你走，因為我就要，前往草莓園了。沒有什麼是真的，也沒有什麼可留戀。永遠的草莓園。」

仍舊受不了這些的聽眾，索性關掉收音機，翻開讀到一半的《茶花女》，繼續讀。在故事裡，亞蒙初次留宿瑪格麗特的住處時，女僕替兩人準備的消夜，除了一隻熟雞，一瓶波爾多葡萄酒，還有些許草莓。她問他愛她嗎，他說愛得發狂。她問他連她的壞脾氣也愛嗎，他說當然。

從前我住的公寓，每到春夜，總能聞見草莓的芬芳。不知道是哪一戶的，販售果菜的鄰居，將草莓一籠一籠疊放在走廊上，憑監視器好生照料。新鮮健康的玫瑰紅的心，鑽石似的珍貴，然而是易受傷害的。

來去野餐

某個朋友想辦野餐，約了幾星期，大家空檔始終兜不攏，久了興致也就淡淡。直到暖春的鳥叫得像隻銀製的召集鈴，聲波一圈一圈盪開，迴環反覆，間間關關，緊急把大家找在一起了，野餐遂在規劃中。

空氣裡有一種圓的意象。鍋碗瓢盆，懷抱似的藤編提籃，花壽司與蘋果派與啤酒裡的泡泡，太陽與太陽眼鏡，獵鹿帽，飛盤的旋轉，野餐墊上紙牌遊戲的輪流，久違的團聚。野餐新手總是置身玫瑰色煙霧之中，過分羅曼蒂克，但是事情當然沒有這樣美滿。

春季的野餐是最前途未卜的行程，行前幾日天氣半晴半陰，我們始終憂心烏雲。結果野餐當天並未降雨，倒是氣溫步步高升，簡直熱得不像話。野餐辦在朋友寓所樓下一個微型廣場，跨年宜於翹首賞煙火的那種空地，畢竟附近一帶沒有什麼河畔或庭園。然而缺了碧草如茵，在這兒野餐就像在大街上席地而坐一般突兀，幸好人多勢眾（其實也才四人）的優點就是尷尬抵消至最少，我們到底躲進唯一的樹蔭裡，劃地為王，擺出各自準備的食物來。

朋友之一居家午飯的煎蛋與肉丸。朋友之二參加記者會外帶的慕斯蛋糕。朋友之三清早趕製的鮮蔬沙律與三明治。以及她們特為添購的珍珠奶茶、炸薯條、金牛角、聖女番茄、蒜炒野菇義大利麵、增加氣氛的康乃馨花束。而我連日寫功課，無暇開伙，只在出門後匆匆買了洋芋片、小泡芙、無尾熊餅乾，滿腹歉疚。這種potluck反映的不僅是每人的口味與才藝，更是彼此的工作與生活狀態，野餐墊上色色一覽無遺，簡直如同誠實大賽了。

我想像中的野餐應是「寒食東風御柳斜」，然而此處無風無柳，就連寒食也難得，因為日頭太炙，漿果與沙律都溫了，冷飲冒汗，奶酪融為一杯雪泥。我們笑得不得了。此外尚有各種荒謬，譬如蚊蟲繚繞，枯葉與果實不斷摔進菜裡，野狗圍嗅，拍照錄影導致手機斷電而無處充電。然而我們尋來串流音樂平台上的野餐歌單，播出軟綿綿的法語歌，諸般窘境忽然就夢幻了。東京野餐俱樂部羅列的野餐守則第十一條便是：「野餐難免突發事件。即使遇到壞天氣、跌落池塘、食物遭鳥掠奪，亦無須哭泣。」

近年台灣人忙於野餐，也不知是模仿歐美，還是轉了一折，模仿了模仿歐美的日本，總之具有展演質地，重點似乎不在「野」亦不在「餐」。恰恰相反，這樣的野餐不過是將室內宴飲的繁文縟節全套搬至戶外，在大自然中圈地扮起樂山樂水的文明人，或許提攜整籃美饌，或許再牽一隻絨絨小兔，可是食物寵物都只是華麗的攝影道具，人物也成了日光櫥窗裡的模特兒，像莫內的《草地上的午餐》。或謂這是一種矯揉。然而，為了世界作戲已經太累人，何妨自己陪自己玩一場自得其樂的家家酒——玩得快樂死了——就當是為彼岸日常進行彩排。一趟幸福的野餐也確實彷彿異次元郊遊，非人間四月之事。

但是，當然，嬉鬧的野餐背後未嘗沒有嚴肅的關懷。當人們在意野餐，其實也就在意綠地的多寡、空氣的清濁、休假的長短、食品安全的良窳。都市野餐是制度與制度交織出的人造物，眾生趺坐於草坪上的魔毯，再怎麼飛，到底飛不出一個風和日麗的社會。

午後陽光漸弱，烘在身上成了近似呢喃的吻。我們分完最後的零食，收拾垃圾，離開野餐的慵懶，回到各自的忙碌。忙碌就是，心牆高掛的大時鐘，指針轉得飛快飛快，宛若小銀匙在茶杯裡瘋狂攪拌，令白晝的白與黑夜的黑轉出漩渦，黑的一圈圈，白的一圈圈，成為一杯添了牛乳的紅茶，香可是微澀。

發票

常常提醒自己要對發票，要對發票，真正要對的時候，發票總是過期了。

事實上，統一發票是不太容易過期的。統一發票以兩個月為一期別，且開獎日至兌獎截止日之間還有段不短的時間，因此白白令發票過期，到底也只能歸咎於自己秉性散漫。過期的發票是一紙失效的承諾，對中兩百元也好，兩百萬元也好，都是逝者已矣，幸運與哀愁一概不算數。

統一發票是台灣特有的產物，一種為了政府課稅便利而發明的制度。我初次知道發票與稅金的關聯，是國中受國文老師指派參加租稅作文比賽，讀了許多範文，在那些範文裡發現的。如今回想自己筆下連篇義正詞嚴的提倡與訴求，我有難言的感嘆。那是一個對於政治、財經、成人社會都還懵懵懂懂的年紀，竟也說客似的援引「羊毛出在羊身上」、「巧婦難為無米之炊」、「欲水之長流，必先濬其源；欲木之滋榮，必先固其根」這類老氣橫秋的警句，孜孜為國策代言。租稅確實必要，可怕的是我們的學校教育裡，依舊編入許多過了時的，關於盡忠守節的思想。你踴躍索取發票，你就成了監督商家納稅的優良國民，這個「你怎樣怎樣，你就成了怎樣怎樣的優良國民」的邏輯，可以照樣造句，變化出各式洗腦良方。

當然，統一發票得以推廣，主要還是利用了大眾對於獎金的熱衷——極具後藤新平風格的理念。就消費者的立場而言，這種發票的本質其實與彩券相去不遠：你付一筆錢，得到一組號碼，那組號碼也許能夠再換一筆錢，也許不能夠。而但凡涉及博弈，難免生出乞求與迷信之舉，關於數字的諧音聯想應是箇中大宗。某期統一發票千萬特獎開出獎號「五四五四四四四八」，就引起了大眾的討論興趣：有人解作「我死我死死死死吧」，毛骨悚然；有人解作「我是我是事事事發」，吉星高照。也不知道是否真有得主領了這筆鉅款。

然而，手中的發票一旦捐贈出去，它便減卻私慾的色彩，成為祝福。我曾在公益基金會協助發票對獎的工作，滿坑滿谷白花花發票，一疊一疊紮紮好。在那些充滿數字與文字的紙條上盯視長久，任誰都要眼花撩亂的，焉知稍一恍神，冥冥天意就給錯漏了。在對發票的過程中，偶爾我也好奇上面記載的交易細目，諸般隱私一覽無遺，儘管物主不得而知了，那偷窺的快感仍然令人內疚。距離陌生的體溫太近了，是陳奕迅在〈陀飛輪〉裡唱的：「曾付出幾多心跳，來換取一堆堆的發票。」

發票上確實節錄了許多回憶與祕辛。新聞經常報導某某家庭主婦整理當月發票之際，發覺事有蹊蹺，怎麼平白多出這筆汽車旅館的開支，進而設法揭穿了枕邊人的幽期密約。之於偷情者，除了藏好用剩的保險套，藏好添購保險套的發票也是一樣重要。在推理小說中，發票與收據又可以是線索、證據或不在場證明。料亭的櫃台裡，某種牌子的香菸售罄了，非得特特走到巷口的雜貨店去買不可，發票上有結帳時間備查呢，這段腳程略為迢遞，哪有犯案的餘裕。

現在電子發票漸漸普及了，它的好處之一即是免除對獎的煩瑣，真是惠我良多。可是，一旦電子發票全面普及，或許也就不必再懸賞鼓勵索取發票了，哪裡還需要對獎。有朝一日，那些矩形的繽紛的，對摺的濡溼的，縐的捲的髒的裂的，墨色不足的，切口不平整的，紙本發票，終將成為博物館裡展覽的收藏品，色帶上保留了人生的質地，時代的印花。

冰果

夏蟲不可語冰。然而，有些大牌的刨冰店恰如夏蟲似的浮來暫去，每年只在溽暑中營業，夏天過了就收了，毋庸考慮寒流時該推銷酒釀湯圓或薑汁豆花。單單一季的盈餘，便足以維繫店老闆涉及秋葉冬陽春花的雲遊，印證了那句頌揚致富之道的諺語：「第一賣冰，第二做醫生。」除卻這些等閒不願開張的名店，尚有許多街坊商家終年提供雪花，因為苦熱的日子長了，刨冰越發成為不敗生意。

日治時代刨冰機引進台灣，我想應是如夢似幻的邂逅，小小一碗冰果甜品，標舉了南國的水電、製冰、農業技術的優良，是現代化的象徵。如今刨冰已無這樣文明的意思了，即使物料與口味百般推陳出新，販售的仍是一種懷舊。機器裡，迴旋鑿刀轟隆轟隆裁下盛夏的初雪，千樹萬樹梨花開，開出一缽尖而飽滿的冰山，眾人手心拿隻小銀匙一鏟一鏟施工：挖除布丁，移植草莓，擷取煉乳，預防雪崩——成了摩登愚公。或許心頭火是頑固的冰，舌尖冰則是氤氳的火，將之幽幽化解，胸臆於是忽地空曠了起來。那種清涼近乎寂冷，像一個悔婚的新娘，逃離了宴會，獨奔荒野，頭上是藍的天，腳下是紅的地，繁複紗緞拖曳，銀色魚口高跟鞋一點一點踩著慢跑的碎步，說不出有多快樂。

刨冰的配料總是斑爛至極，白雪森林珠玉亂墜，令人感覺世間貴重物事盡收此處，難再另覓了。排隊許久後刨冰店人龍稍減，終於立在櫃台前挑選配料時，那份斟酌的為難也有愛玉的滑溜，紅豆的纏綿，腴腴嫩嫩，猛然碰出輕彈的震顫。譬如那孩子搭拉著眼皮，一心一意盤算各種組裝，仙草、蒟蒻、粉粿、粉圓、芋泥、薏仁、銀耳，睫毛端凝下垂，像佛經的書籤繩尾巴的流蘇，掃在〈普門品〉那頁：「若有百千萬億眾生，為求金銀、琉璃、硨磲、瑪瑙、珊瑚、琥珀、真珠等寶，入於大海，假使黑風吹其船舫，飄墮羅剎鬼國……」

其中，還是水果第一活色生香。夏季旅行時，偶然經過鬧區或學區幾間冰果室，洋溢老台灣的韻味，木桌鐵椅，塑膠印花防水桌布，播著鄧麗君的日本歌〈愛人〉，令我印象深刻。店門放一座三層透明冰櫃，玻璃上薄霧朦朧，裡面凜凜羅列了剖開的鮮果，袒胸露腹的，哈密瓜的翠，鳳梨的金，木瓜的朱，火龍果的紫，各自流淌各自的奶與蜜，微有情色之意，幾乎像個肉鋪。以色相誘人最是傳統，這大約亦是這些冰果室所以別具復古風情的緣由。

美是繁衍的策略之一，對於這點，自然界尤其開誠布公。好比有人總愛戲謔地說，情人節送花不過是搬弄一束赤裸的生殖器官，那有什麼可貪戀。但這正是植物的近乎天真的真摯。我不禁暗暗想著，倘若一枚熱帶的果實，生出了最鮮豔的表皮，可是遇上色盲的獸，發出了最馥郁的氣息，可是遇上鈍嗅的禽，該怎麼辦呢。這真是最徒勞的表演，書空咄咄，奇恥難耐，簡直帶有黑色幽默的悲哀與諷刺——然而各式各樣的反高潮，生命裡哪還曾少過？

我常常想起艾莉絲．孟若的小說〈紅晚裝——一九四六〉裡，主角為了逃避高中的聖誕舞會，在冬夜悄悄揭開臥室的窗，企圖讓風雪凍傷咽喉，又將雪花抹遍胸膛，和衣溼漉漉睡著，期待發燒與咳嗽。然而不幸地，她到底無病無恙，必須穿上母親縫製的華服，出席令她自卑的青春與社交場合。這也是某一種反高潮，求死不能，眼睜睜在平安裡迎接重複的絕望。為此，置身炎夏的刨冰店之際，我總是慶幸自己沒吃過冰雪的苦，只知道冰雪的甜。

本文收錄於二〇一八年六月出版《二〇一七飲食文選》（二魚文化）

煙花七月

碼頭上再過半小時就要施放煙火了。四顧萬頭攢動，視野稍好的位子都給占盡，遑論河畔的頭等席，那更是早已圍得密不透風。遊人太多了，簡直令人覺得呼吸困難，似乎大家都有這麼點兒宗教狂熱，為了朝拜美的真面目，連命也可以不在乎。又或者，美即是命，美即是氧氣呢？割捨了誘因與企圖，平時誰也沒有這樣愛惜美的，也許令人欣喜的不過是儀式本身，不拘它的主旨是美或者其他的什麼。

在這樣熱烈的氛圍裡，有人架妥了攝影機，站在那裡調整鏡頭的仰角，試拍幾張熹微的月亮。有人偎坐野餐墊上吃零嘴打撲克消磨時間。有人聚在小舞台前聽歌手引吭。有人滑開手機遊戲捕捉寶可夢，臨水岸邊，隨處可遇海星星、鯉魚王、蚊香蝌蚪，驚呼聲此起彼落，想必收穫頗豐。

來得太遲的人，尋尋覓覓，找不到一塊幽靜的角落，最後都進了河濱公園的網球場，那是絕無僅有的空地了。抬起頭來，網球場的圍籬攔住了下半部的視線，可是再也沒有辦法。

來得最多的還是情侶。各式各樣的儷影雙雙，挽著彼此穿過水門，高高興興地趕來。那女子穿一件淡紫木耳腰雪紡紗長裙，飄飄欲仙，恍若織女，手裡擎著一串糖葫蘆，自己咬一顆，甜蜜蜜含在嘴裡，右腮頰淘氣鼓了起來，又讓她的情人咬一顆，仔細叮嚀對方別給竹籤刺傷了。無論是織女與牛郎，織女與織女，牛郎與牛郎，織郎與牛女，在這一天，自己業已化作煙火，像張愛玲在小說〈創世紀〉裡寫的：「愛是熱，被愛是光。」

夜空裡高高浮著一顆白底紅十字大氣球，底下便是醫護站。幾輛巨大的消防車停在防洪堤邊，紅得發亮，車身漆有「社子分隊」、「義消」等字。那些消防人員們看起來百無聊賴的，彷彿徽章裡的鳳凰也收斂羽翼，因為這天是喜鵲的節日。

倘若當真存在，鵲橋應是一種最靈活的建築，它機動而暫時，由一群快閃的鳥兒構成，每年匆匆搭蓋一回，權充相逢的媒介之後，又旋即解散。我常常想著：鵲橋該是怎樣一座顫巍巍的橋呢？成千上萬的喜鵲的翅膀拍動著，協助著，給人踩過了會不會痛呢？踩著的人是不是提心吊膽呢？任憑那橋怎樣牢靠，也許終要落下漫天飛舞的羽毛，沒入銀河，沒入淡水河。

我對於這地方最初的認識，一切來自小時候看過的電視劇《江山樓》，然而年湮代遠，至今單剩下零零碎碎的印象了：通了電的水晶燈，水晶燈下團圓的熱菜，披肩尾巴的排穗，小木鏡裡撲上側臉的粉撲，金絲眼鏡，軟緞旗袍，遮掩了笑靨的檀香扇。有誰彈一曲琵琶，有誰嗲聲嗲氣喚一句：「阿舍！」黃包車裡踏出一隻高跟鞋，那藝旦烏黑鬈髮垂肩，井井有條，宛若一串一串精巧的彈簧，隨著步伐略微震動，比她的伶俐與悲戀更要張弛有度。整齣戲的情節我已經記不清了，只記得諸般煙花三月的蒙太奇，愛別離，怨憎會。也許是因為太早就這樣先入為主，我對這裡一直懷有一種歡場之感，百年來宴席笙歌不輟，情緒格外鮮濃。

在碼頭外，月老瞇眼含笑安居城隍廟裡，香火鼎盛，替無數情海浮沉的善男信女指點了迷津。愛情，或者關於愛情的懸心，乃是這裡最旖旎的文化。

忽忽倒數的聲音響起了。眾人翹首期盼那五光十色的煙花，如同滂沱，如同霹靂，將要駭然轟炸視覺直到審美疲勞，方算是慶祝。此刻一切蓄勢待發，生與死皆尚未引燃，我最愛惜這樣開始之前的時光。

志怪

到了夏夜，我就想重聽日本的落語段子〈再半杯〉。在故事裡，一個老翁每晚光顧橋畔的酒鋪，某日給老闆夫婦騙走了女兒賣身賺來的銀錢，於是含恨投江，引致連環的業報。這老翁有個特殊習慣，他總是要求老闆先斟半杯酒，飲盡再斟剩下半杯，因為如此享用更有綿延富饒之感。

夏日說鬼似乎是東洋的消暑傳統，每逢盂蘭時節，各式關於鬼物的節目與活動便紛紛興起，賦予熱天一絲陰森的涼意。深夜睡不著時，我常常上網看鬼故事，嚇自己一嚇，在台燈下深吸一口氣，冷汗滴滴，忐忑入眠。論壇的媽佛板尤其是現代聊齋，諸般夢筆生花的異聞，打著真實經驗的背書，發生在醫院旅館軍營郊山賃居的公寓，總是令人感到世事浩瀚難解。

因此更多時候是這樣，鬼話愈看倦意愈無，反倒生出偶開天眼的戰戰兢兢。這種恐懼，輕而鮮豔，像一件淺黑薄紗罩衫上繡著五光十色的蝴蝶。將這罩衫一陣風披上身時，紗襬也會衯衯裶裶，凌亂震顫，無數蝴蝶撲翅撲翅鬧了起來，然而到底困在羅網似的紗衫中。蝶翼漸漸偃息了，貼著臂膀，遂成了肌膚本身的刺青。西諺有云：「清白的良心是柔軟的枕頭。」然而我總覺得，比起諸惡莫作，這些床邊讀物更像在提醒著：生活裡確實有一種無名的惡意。

我也逛過東京恐怖學園之類的售票鬼屋。入口放行以後，六人牽一條麻繩以防走散，帶隊者點一盞微弱手電筒探路，沿途猛鬼猙獰，出沒飄忽，每張鏡，每扇門，似皆暗藏機關，驚聲尖笑震耳欲聾。所謂娛樂，向來不僅是販賣快樂而已，悲哀，恐懼，照樣有它們的受眾與市場。這種逼近魑魅的慾望，無關寧可信其有的虔誠或敬畏，亦非愛聽秋墳鬼唱詩的閑雅，純粹是禁忌太具誘惑性，教人惘惘生出撲火的衝動，天真而近乎叛逆的好奇。

然而，詩詞歌賦裡的，電影裡的，試膽大會裡的靈異，再怎樣也還帶點浪漫主義，真要在日常迎頭撞見，想必誰都不免葉公好龍了。怕鬼故事，怕的還是其中的人性；愛鬼故事，愛的還是其外的平安的餘裕，如此而已。

某一年中元節後，我和朋友去聽落語。小劇場在三樓，我們到時已經團團坐滿客人。一個賣藝先生跪坐蒲團上，穿一件藏青浴衣，鬈髮半禿，虯髯星霜，眼睛瞇得細極細極，撅出一隻桃子鼻，咧嘴說起江戶時代的怪談。這晚共有三段故事，第一段關於妻妾冤魂的對峙，第二段關於富家老爺的差鬼作奴，都是刁鑽可笑之事，眾人不禁哄堂。

第三段是暗場，安排的正是經典段子〈再半杯〉。劇場的燈光漸漸旋滅了，黑暗中四座無聲。那賣藝先生的嗓音變化多端，忽而男，忽而女，忽而老，忽而少，說一句是一句，諸般角色於是眉目分明，有腔有調，在眾人耳邊演起來了。

那銜冤尋短的老翁投胎至仇家的酒鋪，出世便是白髮覆額，滿面皺紋，幾顆爛牙，活活嚇死了生母。酒鋪老闆成了鰥夫，心知有錯，負疚雇來奶娘餵哺嬰兒，以此作為對於老翁的供養，無奈接連幾位奶娘都待不長，也問不出辭職原由。老闆遂挑了個深夜，窺視奶娘與嬰兒住宿的臥房。丑時三刻，只見嬰兒抖然起身，探探奶娘熟睡的鼻息，復又蹣跚爬開，伸手去取專給紙燈添油的小壺，仔細將油斟入茶碗，啜得津津有味。老闆見狀驚愕咒罵，但聞嬰兒老氣橫秋應道：「再半杯……再半杯……」哮喘似的笑聲迴盪在黑暗中，久久，久久不散。

眾人在觳觫中爆出熱烈掌聲，那掌聲也有點怯怯的意思。

換季的徵兆

換季時節，我的鼻子總是嚴重過敏，一早起床便要噴嚏連連，擤鼻涕擤得人中都乾癢了。鼻子彷彿搖搖欲墜，隨時要從我身上逃走。

這種過敏發生在任何溫度與溼度驟變的時刻。氣溫上升，氣溫下降，溼度增加，溼度減少，我的鼻子皆格外警醒。乍暖還寒的日子固然受不了刺激，晴雨切換之際我也要跟著涕泗滂沱了。哈啾哈啾，哈啾哈啾哈啾。如同蓄意引人發噱的喜劇裡，猛然吸進大量胡椒粉的受害者，顫抖著身體，噴嚏欲響未響，直到終於爆出的瞬間，就連眼角都擠出淚滴來，不知滑稽的究竟是劇情還是自己。

在噴嚏持續的時節裡，鼻子對於空氣中的物質似乎特別敏感，呼吸略微用力一點，旋即成為針對鼻腔的搔癢。這個世界充滿各式各樣的粉末。搬動舊書時飄揚的塵埃，細而苦的藥粉，撒上蘋果派的肉桂粉，香爐裡的灰，不可見的花粉或黴菌孢子。

在過敏的鼻子聞來，世界就是一塊上頭上臉的粉撲。

旁人聽見我的劇烈的噴嚏，每每要關懷道：「你感冒了嗎？」我知道沒有，沒有咳嗽沒有燒熱沒有各種疼痛，然而濃厚的鼻音形同鐵證，我越是澄清越是百口莫辯，索性附和地說了，唔，好像有點怪怪的。

我想起電影《辣妹過招》裡，金髮少女凱倫深信自己擁有超能力，因為她的乳房異常敏銳（似乎會隨著天氣變化而熱漲冷縮），可以判斷此刻是否正在降雨，結果她成了校園裡的氣象記者，在雨天擎著麥克風進行即時報導，以胸部作為探測的雷達。真是天生我材必有用。於是有時我也會安慰自己，過敏的鼻子或許可以算是一種才華吧，儘管這種才華我恐怕是無福消受了。

我也想起某個朋友，他的頭髮在入秋後悄悄紅了起來，紅得近乎挑染。他又似抱怨又似炫耀道：「唉頭髮又變得越來越紅了。」人們這才問知他的頭髮也會跟著換季，楓葉一般，在秋天凍成暗紅。其實他的頭髮不只在初秋轉紅，在春夏之交也是如此，等到季節穩定後又漸漸黑了。似乎是父親遺傳的基因所致。朋友表示，高中教官檢查服裝儀容時，每每要質疑他的不自然的髮色。這種百口莫辯的無奈，我真是太過瞭解了。

朋友的專長是工業設計，偶爾也幫自己打造桌椅家具。朋友告訴我，替家具上色時，採用噴漆是比採用粉刷更為均勻的。這種噴漆作業通常得在抽氣室裡配戴面罩進行，然而有時防護不夠徹底，施工者難免吸入過多顏料，令噴嚏也有它們的顏色了。一氳一氳的綠煙紅霧。噴漆是有毒的吧。然而對他們這行而言，犧牲一點健康似乎是不可抗拒的宿命了。淡淡的虹彩的宿命。

換季時刻，季節與季節牽牽扯扯的，一串噴嚏便是一串躊躇的糾葛。我坐在雨天的咖啡店裡，空調凜冽美好，坐了一個上午，鼻子忽然又打起噴嚏，抬頭看看窗外，原來是太陽出來了。鼻子比我自己更先察覺到放晴。在日文裡，「鼻」與「花」的假名是一樣的，它們的發音代表一種邊緣或端點。花朵是植物的頂端，鼻子是人的前端，果然先鋒似的。

立冬那日，幾個朋友約我去吃薑母鴨，大家十分重視補冬這個習俗。薑母鴨的辛辣氣息，單是聞著就令人感到暖和了。

「春江水暖鴨先知！」

我的心中突然迸出這句詩。因為太過黑色幽默，自己不禁笑了起來，對於滾湯裡的鴨子總覺得有點抱歉。

秋日降雨

通勤的路上，我會經過許多老式平房。矮矮小小的房子，長久窩在市區邊緣的山丘下，很安詳的模樣。周圍的大樓一棟一棟長高，它們也不在意，兀自在門口、窗沿、陽台、小院子開出花與樹。

某間房子裡的一個青年，常常在深夜趿著拖鞋出來澆花。一手提小紅水桶，一手拿木勺子一瓢一瓢舀水，悠閒地灌溉。清水淹過了盆栽的土壤，很快又消退下去，令人感到那植物的渴。也有一些時候，他會直接從小院子的水龍頭牽出一條水管，按住水管的喉，高高低低地噴灑。水柱在街燈下銀閃閃，落成滂沱大雨，很有消防的意思了。我不知道他採用水桶或水管的規律為何，也許是依天氣而變化，也或許只是隨心所欲。初秋的台北，日落之後仍舊悶著，整個空氣溫蒸蒸的，像爐台上的湯鍋的氤氳。

那青年住的是一間兩層的房屋，門外有一株茉莉生得茂密，木質的莖扭麻花也似攀上二樓的陽台，小枝小椏圈護著，直達屋頂。每日青年下班歸來，踩過柏油路上星星點點的茉莉花瓣，稀鬆的步伐，似乎並不感覺有何奢侈之處。奢侈的意思是，在人尚未發現的時候，萬物已經為他準備妥當了：信箱，野貓，落花，夜悶裡的芳香。

秋天的悶熱總在一場大雨之後解散。這天清早我出門來，經過公寓的廳堂，遇見穿著綠油油的雨衣的郵差在整面木造信箱前派信。他懷裡的帆布大袋子也淋得很溼了，成為一種謹守祕密的墨綠色。我站在大門旁等雨轉小，順便等待郵差可會發到報社寄給我的雜誌，可是遲遲沒有。

最近公寓的高齡的管理員捲款潛逃了，許多開本過大的刊物或必須簽收的掛號信遂無人代領，攤在他從前工作的櫃台上，邊邊角角因受潮而皺了起來。郵差向我叨念此事，我不知道是否應當賠罪。郵差又請我替他分辨某封信上的門牌號碼。我暗暗納罕這信上的住址應當不算印得太小，怎會看不清呢，但也說不準，也許他的視力日漸退化了。我便幫他一起派信，一戶一戶地投，兩人守口如瓶。總是帳單，廣告，購物型錄，各種令人感到疲勞的讀本。郵差忽然明白了什麼，摘掉眼鏡，原來他兩眼昏花，只是因為溼氣把鏡片弄朦朧了。於是我便不再充當助手。

（秋日早晨的驟雨像室內的體育課，有學生打翻了一整籃小白乒乓球，成千上萬的空心的小球落在地面，彈彈跳跳，輕而脆，可是敲到鞋上也有鏗鏘的力道。小白乒乓球一顆一顆從天空掉下來，一顆一顆，傾盆地掉，把球握在手心可以感到它們的滑溜與冰涼。

行人來來往往，努力躲避小白乒乓球的襲擊。可是小球撞到傘上，衣上，傘也顯得很不堪了。世界積成一個巨大的球池。汽車在球池裡跋涉，踢開一排球，又踢開一排球，球很輕，飛旋起來。成千上萬的小白乒乓球在那裡圓滾滾翻騰，碰出了波濤。）

從山腳的公車站牌抬頭望過去，密布的山墳矗立在白霧裡，消失了。我可以想像山裡有菇菌一朵一朵爆出來，幼芽與花苞一泡一泡冒出來，無數枝幹盤旋著向天空展開，幾乎要將花葉遞給烏雲。

我在秋雨裡煩惱公車抵達的時刻，那煩惱也籠著一層涼氣，微微散發也許是鳥的溏便的氣息也許不是。

山在秋雨裡溼綠，很有郵差的意思了。

貓與聖誕紅

朋友安然度過了雜誌編輯工作的試用期，收到公司頒贈的聖誕紅盆栽，迷你型式，可以單手端在掌心。朋友與男友帶聖誕紅去花店進行健康檢查，又上網尋覓各種有益照顧聖誕紅的植物知識，抄錄了厚厚的筆記，一派視如己出的態度。

公司頒發盆栽給員工的寓意是：請像這棵小樹一樣好好成長。其實聖誕紅的紅色是需要悉心維持的絢爛，涉及光照時數的調整，並非園藝學門外漢輕易操控得了的，所以人們經常過完一季就將長滿綠葉的盆栽丟棄了，遂亦沒有什麼茁壯不茁壯可言。朋友笑道：「原來這就是花無百日紅的意思。」

我跟朋友約在他公司附近吃午餐，為了借閱一本寫作需要的書籍。不知何時開始，結婚成家也成為朋友和我經常討論的話題了。朋友把聖誕紅當成他的孩子，最初有意命名為蘇麗珍，後又改喚林秋紅。所謂婚姻生活或許也是這樣一件介於《花樣年華》與《台北物語》之間的情事。朋友與男友兩個爸爸似的決定了：植物養得活就養動物，動物養得活就養孩子吧。主要還是得先結婚。在獲取雙方家長認同以後。儘管今年同志伴侶已可彼此登記為配偶了，國家通過的律法與家庭裡落實的律法往往不是同一套律法。

三點的小餐館裡，午休的上班族皆消散了。這畢竟是個公司林立的商業區。餐館裡只剩下零星幾位客人。庭院忽然來了一隻三花貓，睜著淡綠眼珠，趴在桌椅下曬太陽，細白鬍鬚垂得低低的，右耳給剪出一道缺口。午後的陽光透過玻璃窗照進餐館，照耀了餐桌上的碗盤、刀叉、紙巾、玫瑰鹽罐。貓在戶外，時而烤烤正面，時而烤烤背面。

一個客人見了貓，待要起身出門去親近，服務生立刻攔阻道：「牠不給人摸的喔。雖然牠會固定來這裡給我們餵，可是一旦想跟牠玩牠就會跑走了喔。」客人聽聞，臉上難掩失望，拉了拉她的毛呢格紋帽子，退回座位。服務生的提醒如此迅速，顯然富於觀察經驗，顯然這貓的用餐時間經常受到干擾了。可愛並不是可愛者的護身符。服務生是個跛足女子，穿一件過長的圍裙，捧著盛了貓飼料的碗，一蹎一蹎去庭院餵貓。庭院擺出許許多多歲末應景的聖誕紅，深紅淺紅扶疏四布，貓一伏身就食，旋即隱沒在錯落的紅葉之間。

我和朋友結了帳，至小餐館外散步，穿過設置聖誕紅的庭院，貓還在用牠的午飯。我們蹲下來看貓的側臉。在這近於平視的視角裡，一株一株聖誕紅猛然魁梧了起來，成為聖誕紅森林。周圍花木掩映，貓略略抬頭，瞟了我們一眼，也不多理睬，兀自繼續進餐，粉色舌尖舔舐復舔舐。如果把這幅畫面拍下來，也許可以援引楊牧的詩，將照片的標題訂為「貓住在開滿聖誕紅的巷子裡」吧。

一九九九年的十二月，年少的濱崎步曾在電視節目裡演唱 B'z 的歌曲〈不知何時的聖誕節〉（いつかのメリークリスマス）。細說起來，這竟已是整整二十年前的事情了。那金髮女孩綁兩道麻花辮，一身黑衣，坐在椅子上輕輕哼唱著，關於戀愛，關於戀愛中的憂心，關於終將到來的分離。每到聖誕節我就會想起這首歌，想到濱崎步翻唱的版本。多年以後，當朋友想起這個洋溢聖誕氛圍的下午，究竟又會想到些什麼呢。

聖誕紅盆栽。雜誌編輯瑣務。試用期後第一筆薪水。無名指等待的婚戒。小餐館及其庭院。慵懶的三花貓。冬天午後，陽光曬著那貓微微弓起的背脊，看上去是極暖極暖的柔軟，可是我們誰也沒能伸手撫摸。

祕密產子

濱崎步忽然生完孩子了。元旦甫過，她在付費官方網站的日記裡宣布了這個消息。歌迷間一片驚詫，誰都難以置信，因為大家日前才在跨年演唱會上見到她，載歌載舞活動如昔，全然不似（刻板印象裡）正值產褥期的女性。此前亦無任何一張妊娠模樣的照片。根據日本媒體報導，濱崎步的生產時間在去年十一月，對象並未公開，今後兩人也不預備結婚。

許多年來，我的跨年夜總在收看濱崎步的跨年演唱會直播中度過。某一年的跨年演唱會在電影院售票直播，我也去參加了，與其他陌生歌迷共處於影廳的黑暗中，跟著濱崎步一起倒數。日本時間比台灣快一小時，跨年也快一小時。在那些提前到來的新年的瞬間，有時我也會錯覺自己變得煥然一新了，可以實現舊年沒能實現的諸般念想。這樣的跨年既非台式亦非日式的，而是濱崎式的。我會靜靜流下眼淚。我想起我幾乎是靠著默誦濱崎步寫下的一句一句歌詞而生存至今日。比起歌迷，也許我更是她的一個讀者。

撐持一個歌手，歌迷也被撐持著。見證她經歷戀愛、分手、結婚、離婚、戀愛、分手、結婚、離婚、戀愛、生子，期間伴隨各式各樣的作品，十幾年也就過去了。於我，她就如同一個身在遠方的熟人，不時可以知悉她過得好或不好，日常，親密，儘管都是單方面的關懷。

去年整年濱崎步不曾自鏡頭前隱身。也開巡迴演唱會，也上音樂節目，也更新 **Instagram** 的照片，也遭八卦雜誌偷拍，林林總總影像皆無孕婦姿態。其實她已經四十一歲，或許也想低調生產，等到母子均安再公諸於世吧。

我上網查閱濱崎步產子的新聞，訝異於日本網友的留言的形形色色，更訝異於形形色色都是並不令人訝異的濫調。這些留言涉及高齡產婦的行動自由（年紀這麼大懷孕還不好好養胎照樣開唱未免太危險），涉及生育科技的採用隱私（明明就是借助代孕卻不敢承認根本沒資格自稱母親），涉及產褥期間的靜養（產後不顧惡露與傷口問題立刻復工真是不良示範），涉及瓶餵與親餵的抉擇（產後忙於演唱會彩排不專心哺乳真是自私），涉及職業女性的工作去留（都當媽媽了就該早點引退陪伴孩子），涉及單親家庭的教養功能（孩子在無權選擇的情況下缺少爸爸實在太過可憐），涉及非婚生子女的身分問題（父母不願結婚孩子以後怎麼向別人自我介紹）。這些指責與異議奠基於社會對完美母職的想像。面臨這些指責與異議，與其說是濱崎步作為一個明星的宿命，更是她作為一個母親如今依舊難以逃脫的約束。我對此非常感到不平了。

濱崎步在 Instagram 上表示，她擁有專業造型團隊、工作團隊、醫療團隊的支援，如此方能成就理想的舞台表演，然而這並不代表女性產後能夠立刻勞動，她還是希望所有產婦與母親獲得充足的休息。就這樣，她把應當回覆的巧妙回覆了，其餘回覆未及的本就不必回覆。也是典型的濱崎步作風。這些年來，她對大眾展示的總是，她身為一個女人，一個人，如何活出無畏旁人眼光的人生，並且致力促進性別友善，母嬰友善，儘管這個社會及其規矩每每是殘酷的。

歌手與歌迷的關係，是花與花萼的關係。有朝一日，花瓣退散，子房膨脹，萼片也會喪失守護的能力。在那終將到來的果實的時代到來以前，祝福應是不可或缺的物事。

氧化

長假的學校靜悄悄的，不知平日那些孩子都去哪裡了。只有警衛在他的小房間裡，一邊聽廣播，一邊吃一盤切成薄片的蘋果，並且蘸一點鹽巴。那些蘋果如此白淨新鮮，或許是他午飯後準備的點心。警衛拿小金叉子擎著蘋果，一嚼一嚼，齒間發出清脆的聲響，然後嚥下果物問道：「請問你有什麼事嗎？」可是我沒有什麼事，不過隨處走走而已。這答案似乎令他有點落寞，他噢了一聲，遂放行了。

空曠的學校是適合散步的地點。讀完一本書，理清一點想法，沒處可去，我徐徐逛到這所中學裡，感覺自己被長天老日的光陰包圍了起來。學校的操場旁種了一圃又高又密的茶花，花朵圓得像是圓規繪製的，針腳立定於空氣中，鉛筆立刻圈出一朵白花，圈了一朵又一朵。圓形的平面綻出一褶一褶的重瓣，鼓膨膨，一扎就要洩氣的模樣。這些茶花生得太過齊整，彷彿花瓣與花瓣之間重疊的面積亦經過嚴密的計算，幾乎可以當作一道幾何學的考題。試問這裡的弧度。試問那裡的角度。

花樹圈抱的中央立著一尊賢者銅像，基座上鏤刻泥金的頌詞。花樹拔地而起，那賢者遂有了被澤蒙庥的姿態，枝葉紛紛觸及他的肩膀，白花遮擋了枴杖與口袋的鈕扣。他再神聖也得承受茶花的蔭照。

雨後滿地茶花的首級，新的落花，舊的落花，鋪得白白褐褐的。我想起田村隆一在〈雨天的外科醫生的勃露斯〉裡寫道：「雨有紗布的味道／沒有熱情的犯罪／有傷口卻不流血／鈍了的舌尖有廉價的杜松酒侵來的時候／只有生存下來的 image／唱著勃露斯而走過去」。不知為何，田村隆一的詩總有一種憤世嫉俗的氣息，無處宣洩的恨，密密層層，撥開它的花瓣，核心其實是陰翳的哀愁，並從那裡生出一絲一絲花蕊，像一座香爐，立在寂靜寺院裡，香枝疏冷，祭祀著年湮代遠的死者。細細碎碎的燃燒。

化學課本表示：燃燒是一種氧化。生鏽是一種氧化。蘋果的褐變是一種氧化。呼吸是一種氧化。回想起來，這些語句恍然也有田村隆一那種智性的詩意。一切氧化還原反應均涉及電子的得喪，因為電子是最自由，最易散佚的物件。

花樹上許多白茶花生鏽似的泛褐了。圓規畫就似的圓花，也許是從第二層花瓣，或是從第三層，漸漸萎捲了起來，反倒有了植物的形狀。淺黃，深黃，黃褐，褐，枯。褐色是接近死亡的顏色。早期《名偵探柯南》裡有一回「園子的危險夏日物語」，盛夏至伊豆度假的鈴木園子莫名遇到陌生男子搭訕，不禁心花怒放，兩人曖昧出遊，怎知他就是那專挑褐髮女子犯案的連續殺人凶手。凶手持刀刺向園子時坦承，他最恨那些前女友似的，絮聒的褐髮女子。大約是因為這段故事的影響，褐瓣的茶花與褐髮的園子一而二，二而一了：都是如此喋喋活潑，富於生氣，儘管死亡就在寸前。不知現在的孩子還看柯南嗎？看了還覺得恐怖嗎？氧化，或者死亡，向來是在最日常的時刻裡進行的。這是日本人念茲在茲的啟示。

經過警衛的小房間，他的蘋果還沒吃完，微微轉成了褐色。果蠅飛過來吻它一吻。警衛不知去向。長假，白蘋果在守門人如電子般脫離了的斗室裡，白茶花在孩子們如電子般脫離了的校園裡，緩緩氧化了。

輯二：身體髮膚

微波爐邊閒談

深夜伏案，總是莫名發饞。其實餓倒不餓，只是一邊翻書一邊打字一邊就忽忽想要攝取些什麼。在這種時候，我想我也許可以去熱一隻南瓜包子，一塊肉桂蘋果派，或者一碗豬肉味噌湯，緩緩吃喝，消愁破悶，將最後一點時間收進胃袋。於是微波爐開始運作了，發出一點光，發出一點聲響，聽來有點像個音樂盒，嗡嗡演奏兩分鐘。定時旋鈕是上緊了的發條。

現在還有誰離得了微波爐呢？對於微波爐，我並不像許多反對人士一樣，放大它在日常生活中的風險，並且條分縷析之，藉此勸告他人戒除。微波爐與我的成長記憶如此緊密嵌合，與我最初認識的許許多多家電一樣不可或缺，幾乎成了家具：毫無新潮或玄妙的氛圍，是最尋常的存在。電影《MIB星際戰警》中，K探員宣稱微波爐、魔鬼氈、抽脂手術等等發明專利均自外星人那兒沒收而來，或許給這家電平添了一點神祕色彩，然而細細思索，這略帶地球人自我解嘲的幽默台詞到底是由於微波爐實在太過普及了，簡直近乎俗氣。

自一九六〇年代量產至今，僅僅半個世紀，微波爐業已深入大大小小家庭，化作一種普照的溫愛，重新定義了人類對於烹飪與餐飲的想像。在時下流行的居家裝潢節目裡，我們可以看見室內設計師考量廚房格局時，每每預先替微波爐保留一席之地，既是貼心也是常識，差別只在微波爐是收納於櫥櫃之中，或是堂皇地與其餘擺設融為一體。白色的微波爐，簡約素美，與貼了白蠟木皮的系統廚具搭配起來，簡直天造地設。在這樣精巧的廚房裡，似乎是十分適宜開展炊事，然而現代人的廚房往往只是白色的大象，神聖的功能大於操作的功能，多半是為了有而有的——無法想像一間缺乏廚房的宅第，如同無法想像一雙缺乏睫毛的明眸。

下廚與否，因由紛繁。有時是技藝問題，有時或許就只是日子裡沒有那麼多張嘴，勉力割烹，吃不了太多又放不了太久，徒勞而浪費，是機會成本的問題。微波爐差可滿足不開伙的人對於開伙的需求。在家居廚房之外的露營車、公司茶水間、公寓式酒店、宿舍、餐館、超級市場、便利商店，人們同樣充分享受微波爐的快捷，也許有時僅是暫時將就，大抵不失為一種裏助。當然，另有一派積極進取的能人，將微波爐視為一種前衛而優雅的烹調道具，現在坊間就有各種微波食譜出版，專門指導主司中饋者如何操控「廚房裡的魔術箱」，省下油煙與時間，變出一道又一道中西佳餚：花式燒賣，牛肉時雨煮，熔岩巧克力蛋糕。

烹飪的樂趣之一在於掌握與目擊食材的變化，譬如說，善製咖哩之人，就連拌炒一盤洋蔥末都有興味盎然的講究，謹慎計量火力與分秒，要它焦熟的程度依照白兔色、鼬鼠色、狐狸色、狸色、棕熊色層層遞進。微波爐沒有這些繁文縟節。燉、烤、燴、煸、蒸、煎、煲、燙……微波爐與任何烹飪手段的字眼皆無關，微波爐的特點正是令食物與煙熏火燎脫鉤了。由於沒有相襯的動詞，我們總把「微波」輕巧地轉品，用以指涉這具無火之爐的料理方式（英語「microwave」亦如是）。只有香港人最富巧思，靈活地運用了「叮」這字眼，叮便當叮杯麵叮三明治，再妙也沒有。

我常常覺得現代家電及其使用者的關係，相當忠實地承襲了科學革命時代的自然神論，微波爐也一樣。微波爐是一個方形的，袖珍的宇宙，使用者不過是置身其外的上帝，設定完整個世界的運作法則，遂撂開手，憑它自歸自演化。橙紅微光之中，盛了食物的碗碟在玻璃盤上緩緩自轉，目不可視的電磁波與水分子進行著目不可視的祕密儀式，一切都精準，一切都按部就班。有齣舞台劇《微波爐裡的無事下午》，大約很能說明這樣的狀態：在昏黃的咖啡館裡，一對久違摯友茶敘，當理財業務的花子不斷向當劇場演員的球球強迫推銷，關於基金，關於孜孜鑽營的人生……封閉小空間內自有針鋒與熱鬧。

因此，微波爐也像一切涉及內容的家電一樣，引起許多深奧的探討，為了證明這方形的，袖珍的宇宙裡難免也會出現騷亂。譬如說，鑲了金邊的陶瓷小碗，炸出一圈青藍的電弧。香腸凍凝的油脂，白煮蛋圓而悶塞的蛋黃，砰然爆破，濺得四壁涕泗滂沱。奶油餐包燒焦了，心子裡的奶油乾枯殆盡，表皮生出一塊挨揍似的烏黑。但凡使用微波爐，或多或少，誰都遇過這些事情。諸般猛然畫面，放在一支音樂錄影帶裡，或許是很精彩的意象，因為它們具體而微地表現出一種難言的黑色幽默與暴力美學，唯其奠基於日常生活，更加令人惴惴。然而放在日常生活裡，它們不免引發警告了。幸而在審慎閱讀說明書後，這些問題不難獲得解決。

微波爐另外引起了更抽象也更實際的反思：倘若只求加熱，我輩與舊石器時代的先祖又有何差異？依賴微波爐的生活可說是一種簡陋單調的生活了？

平松洋子的觀念大抵如此。在《平松洋子的廚房道具》裡，她幾乎是以微波爐的左遷作為整部書的破題，由於微波爐在家庭中缺席了，方能大力拔擢陶鍋、土鍋、蒸籠、鐵壺等等器物，以更多元且更從容的方法做菜與吃飯。在許多人心目中，多元與從容，就等於健康與品味。這樣的說法傳達出一種復古的心願，擁護人士認為微波爐的誕生使許多洋溢神聖光輝的飲食體驗陡然通俗化了，在從前，難得吃一盤蛋包飯或一盤義大利麵總是十分值得紀念的盛事，哪像如今便利商店隨處可見微波蛋包飯微波義大利麵，稀鬆廉價，舊日一點幸福回憶全給毀壞了。這些都是絕好的主張，然而說穿了，並非微波爐之罪。

最關鍵的還是微波料理。也許因為微波爐經常用以冷食解凍，世人往往習慣將它與「匆促調理」、「營養失衡」、「敷衍塞責」等等概念聯想在一塊兒。二〇一三年春天，歐巴馬政府向美國國會提出三點七七兆預算案之際，共和黨領袖麥康奈發表過這樣別緻的挖苦：「乍聽下白宮不過是將前一年的經費扔進微波爐罷了！」又是微波爐的李代桃僵。為了偷懶，人類辛勤地研究出偷懶的方法，又辛勤地避免偷懶的方法的惡果，這就是科技。誠如英諺：「想像能弒，想像能治。」微波爐作為一種現代性的符號，同樣背負了效率與草率兩種截然的意涵，載舟覆舟不過是見仁見智而已。

然而，微波爐的好，有時或許就好在那一種將就。譬如說，午夜已過，商家都打烊，一對只能在這時段會面的戀人，哪裡也去不了，就連街角一間便利商店都沒有附設座椅。座椅沒有，微波爐總是有的。兩人買回一碗微波玉米濃湯，坐在騎樓的階梯上，依偎分食，樸素酸苦中有患難與共的珍惜。冬日的風颼颼地吹，但那手心捧著的湯比手心更暖，比擁抱時毛衣綷縩生出的靜電更鮮亮。

編貝

牙套生活接近尾聲，我的心情非常輕快，然而輕快之餘，也有畢業生的悵然若失。這四年來，朝夕與牙套共處，它已經成為我的一部分，毫無身外物之感。想到再過不久就要與牙套分離了，竟隱隱覺得繼續戴著亦無不可。

我的牙套是一系列透明小殼子，除餐飲時需卸下外，每日得戴足二十二小時。蜿蜒的齒列漸漸符合小殼子的形狀。完全符合了，再換另一副小殼子。微調復微調。牙齒的位移，帶來無聲而緩慢的痛。牙齦酸軟時，像剝了皮的梅漬番茄，紅而柔弱，令人想要摘下來，盛在骨瓷小碟裡。那些汰換的小殼子，我一副一副收著，收著它們就是收著潛移默化的日常。牙套約束了牙的平仄，也規範了人的作息。

這四年來，每兩個半月回診一次，向牙醫領取新的小殼子。牙醫診所在高樓，總是空調清冷，來者寥寥，因為採預約制的緣故。室內隔出半開放式的一區一區，躺椅上躺著各種疑難雜症，仍舊安靜拘謹。蜷曲，舞爪，悲鳴，這類場面是沒有的。每次回診照例要進行一整組攝影記錄。診所的助手予我一把Y型拉鉤，撐開嘴唇，嘴裡填入一塊冰涼的圓角長方鏡子，映出視線死角，完成齜牙咧嘴的特寫。接著坐挺身子，單眼相機拍下正臉，四十五度側臉，九十度側臉。粉面含春的助手指示：「來！嘻嘻笑開心！」如同出遊合照時，攝影師誘導眾人大喊茄子或起司，露齒笑成一字式，令人想起聲韻學術語「齊齒呼」。

有時助手替我黏貼牙齒上掛橡皮筋的「小豆子」，在我臉上蓋一條淺藍的洞巾，小洞露出口腔，機械與管線伸進來。她們一邊施工一邊討論聖誕節的樹，清明節的墓，聲音聒聒從耳朵伸進來。我的眼睛給遮蔽了，只感覺濛濛的光芒透過厚紙巾。不安就是這樣幽微，明知有什麼在發生，有什麼要發生，可是不知是什麼。

操作既畢，助手發出脆彈的呼喚：「噠劉！噠劉！」噠是doctor的簡稱。在其他診間梭巡的噠劉遂來瞧我。噠劉是個標準的完美主義者，對於我的矯正永遠比我自己更嚴苛。見她，有時我真覺得害怕。當她高聲詢問：「牙套有沒有認真戴啊？」再是孜孜遵循醫囑的人也要心虛三分。我的牙齒是牙醫的作品，她的審慎態度，或許就像寫作者的字斟句酌。每當看見條理分明的牙齒，我便不禁想起「字字珠璣」這成語。噠劉自己也有一口珍珠似的牙齒，整齊得像珠算，上電視，上雜誌，一律要展示那燦爛招牌笑容，是毛姆短篇小說〈午餐〉裡食言而肥的貴婦人：「她朝我放出白牙齒上明亮而親善的閃光。」

最近一次回診，恰是熟梅天氣。噠劉大約身染風邪，喉嚨整副沙了，戴著口罩，求全責備的嘮叨聽來十分艱難。她徐徐吐出一字一句，偶爾咳嗽幾聲，也還是令人感到咳唾成珠。窗外的大雨，連日淅淅不止。梅雨季有它的反覆與不厭其煩，正如燉煮一鍋雞湯所需的耐心。大雨是熱熱濃濃的湯，眾生是湯裡柔嫩的雞翅雞腿，硬骨皆給熬得酥爛。牙套歲月裡的等待，主旨即是體驗這種順服。

規矩的牙齒過著克己復禮的團體生活，不推搡，不排擠，在隸屬的位置上站得直直的，堅守本分，與其他牙齒比鄰，分工，可是沒有依賴。我總是嚮往這種獨立的姿態，雖然那裁切與研磨的力道都不是自己給自己的。

牙線

世間發明大抵可以分為兩種：一種是造出嶄新的器物，另一種是替舊有器物造出嶄新的用途。例如牙線。人類自古從事針黹，在浩瀚歷史中，或許也曾有誰靈機一動，想到以絲線清理齒縫？然而根據記載，遲至十九世紀初葉，方有美國牙醫 Levi Spear Parmly 諄諄倡導牙線。兩指間的一縷弦，兩齒間的一道溝，防微杜漸，就從這裡開始。

歸功於學校教育，我們這代的孩子，大多自幼便認識牙線了。我記得小學五年級時當選潔牙小天使，每週兩日午休須至保健室演練牙線與貝氏刷牙法，並且在事後塗抹一種洋紅色的，酸而苦的牙菌斑顯示劑，以便護士檢驗滌蕩污垢的成效，每每染得唇舌姹紫嫣紅，彷彿吃了紅肉火龍果。然而，「會用」與「用」之間當然有段距離，也甚或是長期受訓後的反動所致，過了那段日子，我便躲懶不碰牙線了。牙醫每回填補我的齲齒，定要眉心一擰叮囑道：「平時要用牙線！啊！」一直到成年安裝牙套，我又重拾舊習了，每餐飯後剔牙刷牙，未敢怠忽。但看那嫋嫋一線，繞指柔，對於不擅操作的人，卻是百般難以支配。其實訣竅也就是一句「惟手熟爾」。

電影《餃子》裡有這麼一幕：在媚姨的私家廚房「月媚閣」裡，李太服完有益駐顏的神祕餃子，擦擦嘴，俐落地截下一段牙線，直柳柳立在更衣鏡前剔牙。穿一身殷紅套裝，殷紅魚口高跟鞋，像血。如此稀鬆平常的衛生習慣，卻教人隱隱覺得恐怖，因為它鮮明地體現了李太的夷然——她已不再為白麵皮裡的嬰胎餡子冒汗或作嘔了，彷彿此前咀嚼的不過是剁碎的蝦仁。然而，如今重看這個段落，我竟不禁會心莞爾，啊，沒錯沒錯，吃過餃子，齒縫無非肉末菜屑，不能不使用牙線。類似的食物還有燻雞貝果、花壽司、蒼蠅頭、牛蒡絲天婦羅、雪裡紅包子。都說「膾不厭細」，我卻對於這種近乎渣滓的精微感到很害怕了。

口腔含齟齬，罅隙藏齷齪，飯後剔牙與否，就是日常生活裡最緊要的一線之差。某次我看見娛樂新聞搜查林依晨的提包，印象最深刻便是，她素日備妥牙線、漱口水、口香噴霧、剔牙前的洗手乳，為了維護職業用的潔白瓠犀。在章回小說裡，婦女將金製的牙籤、耳挖、指甲刀以圓環串成一嘟嚕，喚作「金三事兒」，別在領口或衣襟以應不時之需，又可權充首飾。現代人並不那麼玲瓏累贅了，我仍不免想著：如果牙線盒也能精心設計，如同懷錶或胸針供人佩戴，牙線的普及率可會有所提升？問題在於，牙線終有抽罄的一刻，屆時金玉其外，徒留一只空殼子，也不是事。

因此，人們只有將腦筋動在牙線盒的內容物上了。戔戔一線，變化萬千：有的扁平而滑溜可心，有的圓軟而張弛自若，塗蠟或者不塗蠟，含氟或者不含氟，倘若再增添一點水果或薄荷清香，信口談論也就如吐芳訊了。當然，最重要的還是嫻習牙線，否則再怎樣五花八門的功能，也無用武之地。京都大學靈長類研究所曾發現，在泰國某座寺院遺址裡，一群食蟹獼猴竟懂得巧用人類落髮剔牙——這大約可以作為我們的借鑑。

無論使用牙籤，牙線，牙線棒，能在酒足飯飽之際對鏡剔牙，總是可貴的。這種時候，我常常想起洛夫的詩句，關於午餐時間，「依索匹亞的一群兀鷹／從一堆屍體中／飛起／排排蹲在／疏朗的枯樹上／也在剔牙／以一根根瘦小的／肋骨」，於是覺得很傷心了。

視力保健

常常在咖啡店打字打得目不轉睛，也不曾遠眺窗外的青山。那座小山綠茸茸宛若一隻渾身長滿葉芽的象，背脊駝著密密麻麻的墳墓。兩眼疲疲時，數數那些墓碑應是理想的舒緩策略，就可惜太過黑色幽默了，不宜作為慎重的建議。物理課本表示：水晶體是一種凸透鏡。墓木已拱的山巒經過折射復折射，終於投放於某人眼底，或許也會成為一則寓言，關於生機與死亡的共存。那就是大自然了。

進入中學後我配得人生第一副眼鏡。在那假性近視尚可痊癒的年紀，我也曾在醫生囑咐下點過散瞳劑。當時我並不明白這眼藥水調控睫狀肌的原理，只當它是逃避無聊且炎熱朝會的藉口。點了散瞳劑的早晨，眼睛畏光，於是可以獲准待在教室休息，遠離那些太陽底下的命令與訓話。然而散瞳劑導致眼睛難以明辨近物，非常討厭，後來我就放棄治療了。從此正式穿戴起近視患者的身分。

近視度數究竟是如何不知不覺加深的呢？生長在影音技術興盛的時代裡，並且在孜孜提倡苦讀的社會中，後天近視似乎是理所當然的事情。像我這樣，家境不必特別富貴的孩子，幼稚園就可以看錄影帶、上電腦課，小學以網路查資料，中學智慧型手機日益普及，大學則是社群與串流媒體紛紛冒出的新紀元。而在每一個求學階段，誰沒聽過囊螢映雪鑿壁偷光焚膏繼晷，諸般關於書與燈火的典故。到處都是符號，到處都是電波，無數訊息透過視神經傳遞，只消一瞬功夫。近視的悖論是：少年少女習於線上線下各種觀看的方式，終究忘卻看清自己的眼睛。

我想起小學的歲月裡，學校總要撥出某節下課時間播放眼球韻律操的歌曲，並且定期遴選明眸皓齒小王子與小公主，作為示範健康的楷模。我經常被指派參加關於視力保健的童詩與壁報比賽，嫻熟於闡述蔬果、鮮奶、蛋豆魚肉的營養。結果呢，那些宣導護眼的台詞我竟一句也沒確切實踐，反倒成為一個濫用眼睛的渾球，總是躺著閱讀，廢寢追劇，深夜在未開燈的房間滑手機，並且不喜戴眼鏡。

我雖不喜戴眼鏡，卻老覺得他人戴眼鏡的臉龐別有風韻，實在是奇怪的眼鏡控。「眼鏡戴來裝近視，教人知是讀書人。」這是自眼鏡問世以來就有的傳統。我最愛的張國榮的電影角色，是他在《殺之戀》裡面那廣告公司的美術總監戚志廣，因為他穿著白襯衫披大紅針織毛衣，粉紅襯衫搭白夾克，深藍高領毛衣搭灰襯衫，每個造型都戴著大圓銀絲眼鏡，替那流盼帶電的眼神隔了一層玻璃，整個人溫溫暖暖，天真而深情，沒了眼鏡就要顯得鮮豔輕浮了。

戚志廣遭黑道痛毆住院，思慕的美人攜花前來探望，冷冷拒絕他的追求，轉身走了。他靠在病床上大喊：「我一定再來搵你！」嘴角竊喜，手中捧著一碗白粥，舀了一湯匙，欲啜未啜，忽然直接就往臉上潑，污染了右側的鏡片，然後鑽進被窩裡扭腰踢腿哈哈大笑。

那是八〇年代末尾，張國榮在《殺之戀》拍攝現場受訪，談及他的人生哲理。張國榮表示，在演藝圈裡是必定會有起起跌跌的，就跟吃沙律要加沙律醬、拍電影要帶攝影機一樣平常，然而他另有一套想法是，這些興衰就好比去遊樂園玩摩天輪或過山車，落到最低點後總是又會攀上高處。他笑得如此爽朗，戴著戲裡的眼鏡，像個意氣風發的智者。他是否覺察了世界的缺口？

在進行視力檢查的保健室裡面，排隊的少年少女相繼執起遮眼棒，圓睜隻眼，努力斷定燈箱上大大小小E字的方向，如同一種高瞻遠矚的比賽。那時或許就是眾人第一次知道，視力的良窳向來是以能否洞悉缺口作為判準。

靉靆

明代的郎瑛在書裡提到，某次他獲贈一副西域進貢的眼鏡，朋友見了，表示眼鏡是活大硨磲的珠囊製成，沒事必須養護於懷裡，以免乾死，如此方可照字。第一次讀到這段魔幻的說法時，我覺得非常有趣，也不知道是無心訛傳還是促狹糊弄，總之當時眼鏡必是極為珍稀的產品了。另一個有趣的點在於，那「眼鏡乾死」的忠告實在是一則百年預言。偶爾我摘下我的日拋型隱形眼鏡，晾著它們直到喪失水分，轉為堅硬，總也不禁懷疑它們是來自海洋的寶物。

隱形眼鏡越製越溼潤，敷上眼球，簡直就像融化了一般，戴著的時候更舒服無感，可是拔除也更不容易了，指腹捏來捏去，軟綿綿捏不下來。於是我開始練習另一種拆卸隱形眼鏡的手法，總是一邊看著鏡子，一邊看著示範影片，將食指與中指鉗子似的鉗開眼皮，眼球一轉，閉眼，同時兩指逕往眼角一拖，那薄薄的鱗片遂掉了出來——這是反覆實驗數次後終於取得的成果。

從前從前，第一次戴隱形眼鏡那天，我也曾對著鏡子操作許久，遲遲無法完成鏡片與瞳孔的接觸，花費了四十五分鐘，近於佛經記載的一須臾。然後它漸漸縮短為半小時，十分鐘，十秒。從手足無措的漫長到熟能生巧的彈指，練習的人將時間濃縮復濃縮，以數月、數年的光陰提煉出一個輕輕的眨。

幾年沒再去驗光，也不想探究現在近視幾度了。是好轉了一點呢，還是惡化了一點，全然夢夢查查。寫作的日子，在家戴眼鏡，在外戴隱形眼鏡，我似乎已與這些機件融為一體，彷彿臉部多了一副新器官。外接式的義眼，賽博格式的風尚，日復一日習慣以後，我竟也經常忘記自己確實是一位眼疾患者了。這種渾然不覺是可怕的，可以作為《恐怖家庭醫學》的節目題材，然而我安於定期購買度數相同的隱形眼鏡，趁還看得清楚，也就不願去看清某些東西。關於疾病，或者關於其他的什麼，許多時候，比起忘卻更教人忐忑的是提醒，是那無事生非的自我叮嚀。

當然，這種逃避心態，顯然是違背眼鏡的寓意的。眼鏡的寓意是：明察秋毫，即使是在春天夏天冬天。中學時代的國文課本教到應用文時，總要羅列各色各樣的行業對聯，服裝店有服裝店的句子，水果店有水果店的句子，理髮店有理髮店的句子，很有世界大同的意思了。其中有一副專為眼鏡行設計的對聯，我從來也不曾真正看見哪家眼鏡行張貼過，可是不知為何一直記得。它寫的是：「笑我如觀雲裡月，憑君能辨霧中花。」與其說是對聯，它似乎更像一道燈謎，射一矯正器。謎底是眼鏡。

深夜坐在黃黃的桌燈下，我無聊地思考著這副對聯中的「君」字，究竟還能當作哪些物事的代名詞。因為水晶體變形的緣故，許多光線與虹彩不克抵達正確的位置，眼鏡協助它們抵達，從而排斥了模糊的觀點。這裡於是產生一道關於機會成本的問題：影像到了這邊就到不了那邊，眼睛看見這個就看不見那個。可是這個和那個哪個是真知？哪個是無知？這世界上人人都告訴你，只有其中某個是標準答案，至少是相對較好的答案。今世進士盡是近視，戴起眼鏡，發現眼前長出唯一一條路徑，通往唯一一處終點的時候，任誰都要不禁為自己默哀。

心甘情願當一個目光如豆的人，只要摘下隱形眼鏡就能遂意。即使如豆，如果是最芬芳的咖啡豆又有什麼不好呢。

假睫毛彎彎

許多新手父母喜歡替嬰兒修剪睫毛，據說這道手續有助於刺激睫毛萌生，讓那嬰兒的雙眸看起來更大，洋娃娃也似。現在這項傳統早已被指出毫無科學根據了，不過是件迷信，真正決定睫毛長短疏密的還是基因，但它仍舊歷久彌新，甚至添進了更為神祕的偏方：修剪睫毛後在嬰兒的眼瞼搽些母乳，可收事半功倍之效。嬰兒唯一的任務是獲取他人的心疼，嬰兒身上一切可愛特徵無非為了激發成人的保護慾，好讓自己在凶險的世間生存下去。於是，反而言之，成人將嬰兒打扮漂亮就富於濟弱扶傾的意義了——修剪睫毛是一種祝福的儀式，彷彿有了長長睫毛，那孩子未來的人生也順遂一點。

奇怪的是，嬰兒時期的睫毛與性別無涉，弄璋弄瓦均有修剪睫毛之必要，非常公平。像英語中有時用「it」來指稱嬰兒，這並非將嬰兒貶為無生命無行動力的物件，這是說嬰兒看上去一律粉嘟嘟的，安能辨我是雄雌，那容貌與性格都還沒染上世俗約定的性別氣質，因此不叫他或她。然而在成人的世界裡，一對稠密纖長的睫毛就具有鮮明的陰性意涵了，或許這是因為擴張的睫毛使人的眼睛看起來放大了，近似於嬰兒，於是也像嬰兒一樣成為應當被保護的一方。越是華麗囂張的睫毛越是一種示弱。

擁有一副長睫毛的人，似乎是天生吃香一點，即使它們未必能在整體面相的配置上發揮畫龍點睛的功效，至少也能引起一點陌生人的關注與話題，藉此拉近了彼此之間的距離。美麗的臉蛋搭上美麗的睫毛更是天經地義了。維納斯的存在說明了「美」與「愛」是不可切割的一體兩面，有時是因美而覺得愛，有時是因愛而覺得美，總之兩者是感情，是感性。許多流行歌曲稱頌睫毛正是為了這一點不明就裡的曖昧的親切。椎名林檎有詞：「你的長睫毛和嬌嫩的大手掌都是我的最愛。無論何處都沒有足以與你媲美的人。」睫毛確實經常是觸發戀愛的契機，試想那長長睫毛的雙眼，撲撲搧搧，搧搧撲撲，宛若一隻蝴蝶的振翅，擾動了氣流，輕易就在另一人心底掀起颶風，因而有了幽微的酥麻。也像是孔雀開屏，那戴了假睫毛的眼皮緩緩睜開，睜開，睜開，璀璨尾羽抖擻盛放，剎那間就生出數十雙眼睛，這裡瞅著你，那裡瞅著你，目光炯炯。睫毛在此成為了一種性徵，是訴諸視覺與展演的誘引，有戲劇的性質。

當代彩妝的流行恰恰與彩色電影的問世有密不可分的連結。電影放大了臉孔，使演員需要各式各樣化妝品修飾顯露的瑕疵，而藉由好萊塢電影的傳播，蜜絲佛陀式的彩妝時尚又四散寰宇。譬如說在《第凡內早餐》裡面，奧黛麗．赫本不分晝夜戴著假睫毛，即使是就寢時分，那湖綠絲質眼罩上也還搭拉著一對睫毛模樣的金蔥。門鈴乍響，揭開眼罩，那安裝了假睫毛的惺忪睡眼，看起來不那麼睏倦了，另有一種富貴的平安。她的眼皮是窗簾，那假睫毛便是窗簾尾端的流蘇。在影像發達的年代，人們不甘心一味仰望大銀幕上的明星臉孔，出了戲院，遂將每日照面的鏡子也當成一種電影。人們在鏡中看見自己放大了的喜怒哀樂，自己成為主角，於是加深了施丹傅粉的憧憬。

臉部彩妝的重點在於眼睛與嘴巴，這是頭顱接收訊息與呈現反應的孔竅，既是受器也是動器，是表情的所在。眼睛又經常被比擬為另一種嘴巴，人們說眼睛會說話，眼睛會笑，眼睛吃冰淇淋，無非這樣的意思。因此睫毛可以說是一種語言了。一排睫毛是一排句式參差的新詩，簡潔俏麗，可閱讀，可吟詠。假睫毛也是詩，不過篇幅更為恢弘一點，是借來的句子，許許多多的旁徵博引，然而有時逐一瀏覽起來不免令人覺得冗長，不耐煩了。

在電影《久美子的奇異旅程》中，辦公室的粉領們群聚聊著「你的假睫毛那麼長戴眼鏡會不會撞到鏡片呢」之類的話題，一個熱鬧而冷酷的小團體，格格不入的久美子只有在茶水間為可憎的社長泡一杯熱茶，想吐口水又嚥了下去，無力施展一點報復與抱負。這樣的場景並不教人陌生。化妝有它的社會化意涵，在這樣人人戴著笑容面具的氛圍裡，總是一臉木然素顏的久美子，似乎就是社會化不完全。假睫毛在此被借作俗豔的交心媒介，表達出了一種入世的歡愉與輕浮，那睫毛的重量便是天真的重量，飄飄然，有時簡直令人分不清楚是戴面具的人比較無辜，還是不戴面具的人比較無辜。而無辜與無知是不一樣的兩件事。

日語裡常說「某某人的睫毛被數了」（睫毛を読まれた），意思是那人上當、受騙、被唬弄了，這是個來自民俗的典故，日本人相信狐狸靈巧有法術，狐狸迷惑誰之前往往先假裝要算那人的睫毛共有幾根，一邊算著，那人一邊就中了魔道了。《和漢三才圖會》裡就記載夜行時於睫毛上塗抹唾液可袪退狐災。關於「睫毛被數了」這個說法，我只想到坊間盛行的睫毛嫁接服務，那睫毛真是一株一株黏上眼瞼的，材質是水貂毛（像水貂毛一樣柔軟），款式是山茶花（像山茶花一樣繁密），美容師傅苦心將千百根纖纖睫毛連綴完畢，消費者攬鏡就照出了另一張臉。也是某一種上當。莫怪常云化妝是詐欺，它隱瞞的對象既是別人也是自己，但是對於美的謊言，大眾多半心甘情願。

　　假髮，假牙，假乳房……同樣以美為訴求，假睫毛似乎是人身上少數不避諱讓人知其虛偽的事物，何止不避諱，那虛偽業已成為一種炫耀了，假冒的東西假到了極致，也可能忽焉翻轉成真實——它真的是假的，於是它就是真的。然而美的力量是矛盾的，美能吸引人，但是真正的絕美有時反而是種阻絕，令人自慚形穢，望之卻步。又或者是被吸引得太靠近了，反而拆穿了西洋鏡，於是導致反彈的退避。美麗的事物往往就這樣禁不起析解，這並不是說析解之後發現它沒什麼大不了，而是說，它可能和我們所想像的迥然有別，譬如將香水還原成一串分子式，將唇膏推理成一排色碼表，這就失了應有的羅曼蒂克。為了保持這樣的夢幻，謊言成為了必然，當然，與其說是謊言，不如說是一種自圓其說，圓一個睫毛的弧度。

也許睫毛真正的好，還是在於它的輕薄短小，在於它的微妙，需要縮短距離才看得清楚，毋庸講究那些長度，濃度，弧度。而對於「縮短距離」的渴望本身就足以縮短距離，與美全然不相干。像徐珮芬的詩〈心願〉：「我想讓你睡到自然醒／保持安靜躺在你身旁／看你睫毛的陰影／我愛你的陰影／勝過於窗外的陽光」。善於欣賞這樣平凡的睫毛的人，方是可親近的人。

然而人們仍舊為了獲得修長的睫毛苦思惡想，耗盡了心力。從前曾有穿針引線將髮絲縫上眼皮當作睫毛的事，我想像不出那該有多痛，即使麻醉不痛，想必也曠日廢時。現在則有種睫毛，植睫毛，嫁接睫毛，手法萬千。有些罹患青光眼的人，點了醫生開的藥水，本來只求治病，竟意外地收穫了滋長的睫毛，這大約是最曼妙的副作用。

煩惱絲

髮廊的旋轉燈筒絞著，絞著，扭麻花辮似的，法國國旗的紅，白，靛，又是紅，白，靛，從早到晚，無窮盡延伸下去。夏末的髮廊的玻璃帷幕太過照眼，放下了整大塊黑色紗料捲簾，影影綽綽看得見裡面的四張座椅，四張鏡；客人來了方才揭起——立時就成為一個活動的櫥窗，上演最摩登的剪髮秀。設計師向助理附耳道：「你去把冷氣開二十五。」

這是一間鮮煥的小店，琳瑯的刀剪梳篦，玻璃櫃上各色各樣的髮凍髮膜髮霧，染膏燙劑，瓶瓶罐罐，粉粉光光。吹風機烘烘，蓮蓬頭淅瀝淅瀝，伴著動感的無人聲的西洋電音，在耳裡抑揚頓挫。這店開在上乘的地段，因此洗剪染燙等等操作都比尋常沙龍要貴上一倍，然而客人絡繹——也許就為它所費不貲。

一對鮮煥的夫妻經營著這店。妻子是操刀的設計師，丈夫兼任店長與助理，唇上微髭，穿一件鉛灰針孔領短衫，橙子色反摺煙管褲，給客人斟茶搥背遞雜誌，洗髮時訓練有素地柔聲問道：「水溫可以嗎？力道可以嗎？」一個小兒子生得和爸爸同個模子刻出來一般，只沒蓄上髫鬚，眉目口鼻都是照樣造句，不過更生嫩些，腦際給剃出一枚星星圖案，看上去永遠像五歲。三人就賃居小店裡間，靠靈巧的手藝撐起小小的核心家庭。

因此，這設計師實在是個能幹人了。她生著一張長長的鵝蛋臉，長長的鼻，施朱傅粉遮飾了兩頰上的疤瘢，一對眼睛描繪得黑黑濃濃，那睫毛便是眼睛的劉海，被認定屬於髮型創造的範疇，刷得又密又翹，鉤子似的鉤人——沒有邪念的那一種。她身段極高挑，打理客人時總是乘張椅子，岔開了兩腿，歪著脖子去檢視耳鬢的細節。日常穿一雙銀璨璨流蘇套踝夾腳涼鞋，搽土耳其藍趾甲油，涼鞋上重重流蘇懸瀑也似掛下來，走起路來鬚帶飄颻，像趿著一雙翅膀，浮來暫去，整間髮廊都跟著活色生香了。

就是從前懷孕的時候也沒有一點兒眉低眼慢，她腆著肚子將那滑溜的披風一抖摟，替客人圍將起來。

頭髮是極其公開，又極其私密的部位。一個客人剪髮時，等於將他的一切自我開誠布公了，任憑懷抱怎樣戒心，在那魔鏡前都無所遁形。設計師顯然深諳這樣如坐針氈的焦慮，很快便用她的專業安撫了客人的忐忑。黑髮生在腦上是黑色的雲，剪下來，就化作黑色的雨，這裡一綹那裡一綹，是夏季的滂沱；那披風便是一頂清白的傘，承載多少昔日的快樂與憂愁。新的自己誕生了。鏡裡設計師的笑，是一個表演者對於觀眾的滿意的自滿。

然而生活不能永遠都是表演了。都沒有客人的時候，髮廊的夫妻在店裡吃自助餐的便當，掃掃地，陪小孩讀書寫字。有時設計師一人歪在那朱紅荔枝皮沙發上垂首撥弄手機，這亮麗的小店忽忽就成了一方透明觀察箱，棲身其中，她是一隻伶仃的獨角仙，等待金錢的豢養。

這個月，髮廊裡諸般服務悄然調漲了價碼。客人察覺了，微笑默認，伉儷兩人也就微笑默認，然而可以想見兩人肩上的生計擔子，該有多沉；房租，學費，治裝費，水電瓦斯用度……一間髮廊是一個化學的場所，大量的水電被消耗了，反應幻化為如水如電的美貌——只是不久長。大理石磚地上，一潭一潭深邃的髮的漩渦絞著，絞著，掃帚一揮，統統藏到畚箕裡。

清朗的午後，髮廊的兒子在街上與鄰居的小孩們遊戲，吹肥皂泡泡。在太陽下，那紛亂的泡影閃閃爍爍，斷斷連連，一球一球像含苞待放的花蕾，這裡是粉金，那裡是粉紫，這裡又是粉綠。盛開了，也就沒有了。那些泡泡一嘟嚕飛上天，飛入太陽光裡，漸漸看不見了。

我喜歡這髮廊的一家三口，因為他們如此努力地生活著。

海蟾

劉海據說是一位道教仙童，活躍於五代十國時期，又叫劉海蟾，又叫海蟾子。因為劉海素來喜在額頭上留著短髮，後人遂以祂的姓名稱呼這種髮型了。今日書報多將「劉海」寫作「瀏海」，越發積非成是，每次讀到我就有股圈改訛字的衝動，總要自己冷靜一冷靜，方才覺得它也不無它的道理。其實添了三點水，這詞更有瀲灩震顫之感，誰能說是不恰當呢。

我去參觀博物館的常設展，意外看見了一尊廣東石灣窯燒製的《劉海戲金蟾》瓷像，來自清朝。果然，那劉海人如其名，蓄著八字斜劉海，乘著妙蛙種子似的大蟾蜍，可是渾圓的笑臉布滿皺紋，不像個兒童倒像個小老先生，並且是裝可愛的小老先生，因為劉海垂綴的緣故。

劉海是眾所皆知的減齡神器。帶有劉海的相貌似乎往往顯得稚嫩一些，「妾髮初覆額」一些，於是也就純真一些，無害一些，儘管不過是邏輯謬誤，可是這樣的誤會在電視劇裡是很精彩的暗示了。收看甄嬛如懿之類的宮廷鬥爭戲，我最在意的即是諸位妃嬪何時將劉海梳起來，裸露整面額頭。劉海或有或無，經常是以某件重大的創痛作為轉折，於是它在此成了個符號，象徵少女的思無邪。沒了劉海的娘娘，若非苞藏禍心，便是預備要復仇雪冤了，總之作風已然變換。最近黃子佼推出唱片，則在訪談中表示，他當主持人時將劉海向右旁分，當歌手時將劉海向左旁分，藉此區隔不同的角色。

劉海的圓缺直接影響了臉部的輪廓與神情，一個女子，男子，面孔長一點，短一點，眼睛被遮蔽，不被遮蔽，動輒判若兩人。因此剪壞的劉海很是令人惱恨了，甚至比剪壞的其他部分的頭髮更可遺憾。不拘是眼下流行的空氣劉海，氧氣劉海，抑或是舊日時興的「人字式兩撇劉海，一字式蓋過眉毛的劉海，歪桃劉海，橫雲度嶺式的橫劉海」，但凡觸及剪刀，就是毫釐千里的事宜，等閒差遲不得。理髮者伸手持干戈，理髮客引頸盼玉帛，俱在高懸明鏡之前戰戰兢兢，只怕照妖也似窘態畢現，誰都不願面子不光彩。

對於豢養劉海的人而言，定期處治劉海真是一項又自戀又自苦的任務。在家自己剪呢，是納西瑟斯式的工作，出門給人剪呢，則是薛西佛斯式的工作，到底都不太健康。所謂煩惱絲，莫過於此。端坐在手扶高腳皮椅上，劉海的主人仔細叮囑設計師：「修得整齊一點！」「修得不整齊一點！」「修到眉毛上就好！」「修到眉毛下就好！」這方操刀游移，那方遂睜一隻眼閉一隻眼地監工，然而終究是目擊了一齣慘劇，啞然說不出話來，心臟化作一捆密匝匝的炸藥，焰花沿著導火線緩緩燒過去，燒進去，砰訇一聲，瞬間爆出粉紅色鈔票——再怎麼生氣也還是要付帳。

離開髮廊，劉海的主人成了劉海的僕人，時時留意著髮絲可有什麼三長兩短。劉海自己是當之無愧的，只有僕人在那裡謹小慎微，永遠懷抱出錯的錯覺，尷尬人難免尷尬事。

缺乏劉海的人也許會有其他煩惱，至少不必為了劉海傷心。有一次，我在祇園的花見小路遇見一位藝伎，施丹傅粉的瓜子臉上，劉海紮得光光的，唯有一隻美人尖延展下來，令她的髮際線成了海岸的岬灣。散落的五官漸漸要停泊了。眉的船已經入港，接著是眼的船，鼻的船，唇的船，一艘一艘，在風和日麗的早晨，航行於臉龐的雪濤之上，起起伏伏。

鬈髮

到了冬天，長髮的朋友表示她想去燙髮。我問她，是因為頭髮燙得鬈鬈的，綿羊也似，比較保暖嗎。她說不是，是因為這個季節少流汗，頭髮燙完不易坍塌，比較划算。原來是基於經濟考量。我想像朋友坐在髮廊，髮際圍一圈棉條，粉紅捲芯密匝匝，一邊接受上藥一邊與設計師聊起毛髮中的氫鍵與二硫鍵。懸臂式燙髮機從天而降罩住她，緩緩烘焙，不知新出爐的造型會是怎樣呢。

我沒有什麼時髦的燙髮經驗，可是對於燙髮事宜向來著迷。在電影《金法尤物》裡，艾兒擔任被告女子的辯護人時，就是憑藉燙髮知識拆穿了死者女兒的謊言。女兒表示，案發當日她去髮廊燙髮，回家淋浴，下樓即發現父親遭射殺了，可是她在洗髮水聲中沒能聽見槍響，給了被告藏匿凶器的餘裕。艾兒立刻察覺有異，因為燙髮後的基本守則就是二十四小時不可濡溼頭髮，否則冷燙液中的硫醇乙酸銨將會失靈。依照女兒一頭蓬蓬鬈髮看來，顯然她當時並未淋浴！顯然證詞有所蹊蹺！女兒不禁惱羞成怒，說溜了自己行凶的真相。

歸功於燙髮技術的更新，如今燙髮後未必不宜沖洗了。我常常在髮廊旁觀進行溫塑燙的客人，滿頭捲芯接著電線，牽牽絆絆，如同梅杜莎的蛇髮。設計師頻頻拿吹風機從旁協助降溫，髣髴很有過燒的危險。鏡前三位梅杜莎翻閱八卦雜誌，防水斗篷上披著紅毛巾，綠毛巾，藍毛巾，等待鬧鐘的指針轉出弧度。設計師亦把自己的長劉海上了魔鬼氈捲芯，善用時間，人鬈己鬈。

某次我去參觀一個泰迪熊展覽，全是台、日藝術家的創作，且每件作品的材料費僅限一萬圓日幣，須附購物收據為證。我印象最深刻的作品是《看起來好像很時尚》，作者周筱筑與黑雞先生在假人模特兒的頭上黏了許多小泰迪熊。梅杜莎的頭皮如果長出泰迪熊，大概就是這樣了。頭髮，尤其是鬈髮，似乎總有一種動物性，或者關於動物性的聯想。羅曼蒂克的鬈，栩栩如生的鬈，抑揚頓挫的鬈，一種鬈就是一種壽命，由生至死，可是死前到底美過。美著，然後美過。珍惜花容月貌的人想必最是明白，花將萎，月將虧。在這變化無常的世界上，動物是動物，植物是動物，礦物是動物。

年少時，我讀歐・亨利的短篇小說〈聖誕禮物〉，讀了許多版本。在故事裡，妻子為了籌錢替丈夫的祖傳懷錶買條錶鍊，暗暗至假髮店脫售了及膝的長髮。回家後，她旋開煤氣爐，將鐵鉗烤得熱熱的，自己幫自己燙起了鬈髮，作為補救措施。歐・亨利寫道：「這一向是個大工程，親愛的朋友，這真的是個巨大的工程啊！」我特別記得這個句子，因為敘事者忽然現身對讀者發出呼告，並且重複兩次。

很久以後我才讀到這篇小說的原文。第一個工程，歐・亨利寫的是 tremendous task，第二個工程，是 mammoth task。一瞬間我又記起高中英文課堂上，那些淵源殊異的同義字。tremendous 裡藏了個 tremor，因此是令人顫抖的大。mammoth 原意是猛獁象，因此是野獸也似的大。我想歐・亨利在此特地轉了一彎，顯然有意經營這個動物意象，因為自行燙髮不僅是一件大事更是一件毛茸茸的大事。然而在各個中文譯本裡，這個意象永遠消亡了。

這使我常常思考關於翻譯的問題，並且對於這份專業充滿尊敬。從外文到中文，從中文到外文，一個詞語包含千絲萬縷的意思，譯者理得了這一綹，未必理得了那一緒，箇中取捨實在是可為難的。也許翻譯有點近於燙髮，先把鬈髮似的文字拉直了，分析得透透的，再根據此前風格，重新燙出另外一種鬈式，或張或弛，直到它亦顯露垂老的樣子。

黛絲

我經常上髮廊洗頭髮，作為蕭索日常中少數的消遣之一。壓力來了的時候，洗髮如同理清千頭萬緒；壓力走了的時候，洗髮就成了犒賞，最實際的一種討摸摸。無論如何總是快樂事宜。

幾年前賃居某個老式社區，小巷小弄枝枝椏椏交錯，其中開出幾家髮廊或新或舊，正像枝葉間的玉蘭。髮廊總是香噴噴的，洗髮乳與潤絲精，髮膠髮蠟髮油，痱子粉，牛奶皂，刮鬍膏與花露水，各式各樣化學藥劑，吹風機熱熱一吹整，彷彿整日都能被那芬芳圍繞，以氣味作為自己的防護罩，與世隔絕。每次上髮廊洗完頭髮之後我總有一種新的獨立的心情。

髮廊洗髮的功夫及其收費未必相關，有些傳統家庭式小店的手藝比富麗摩登的沙龍更要精湛，令人流連。那時我經常拜訪一間家庭式髮廊，主人是個年逾花甲的老師傅，雖是居家生意，一律襯衫西褲扮相，長袖反摺至肘彎，給他洗頭很有一種座上賓的過癮。頭髮似乎有它自己的意志，雖是自我體中長出來，長出來後就演化成另一種生命了，因此養頭髮如同養寵物一樣難。然而，給那老師傅洗頭的時候，抓抓搔搔，百轉千迴，我可以感到桀驁的長髮在他手心漸漸變得馴服，柔軟，任由他領導。整匹長髮一時給虛虛攏在腦後摩挲，一時給撥至耳朵兩側捲捲搓搓，一時窩在頭頂隨指尖揉捏旋轉像要轉出連環金星，一時又被拉得高聳參天，那師傅伸長雙手從髮根緩緩向上拔出一團雪白豐滿的泡沫，拋進水槽，再將上述諸般步驟來過一遍。我坐在鏡前，看電影般，完全無心翻閱雜誌。不知為何那店總是只有我一個客人，因此老師傅也不忌諱曠日廢時，在沖水前往往要抓上三十分鐘。指甲修得不銳不鈍，泡沫星子沒有一次濺上臉或衣服。

　　且那師傅並不多話，總是靜靜施力，難得含笑說一句：「今天天氣很好。」午後的陽光悠哉曬進小巷轉角，店門路面一個大大的白漆「慢」字上，有點燙金。洗頭髮時我不太聊天，避免與設計師生出交誼，否則之後礙於情面，總不太好意思表達自己的需求，那就難有鬆泛的效果了。銀貨兩訖即可，其餘都不必談。

乾淨是一種減法，整齊是一種除法。髮廊的客人汰去腦上的烏煙瘴氣之後，終於輕盈一點，飄飄欲仙了。塵埃的重量積積累累，有時就能壓垮一副肩膀，或許洗滌即是一種割捨的儀式，讓身外之物都散開。

搬離那老式社區之後，沒再遇過更好的洗頭師傅。常常想著要回去，要回去，畢竟不是日日行經的地點。擁有了這樣美妙的體驗，此後每次嘗試都帶有重逢的渴望，企圖在另一家店另一隻手心尋得些許類似的餘韻，可是漸漸覺得苦惱了。也許是在騎樓的小髮廊洗髮，洗完立刻染上佛堂燒香的煙雲；也許是在別具規模的大髮廊，洗髮形同各種染燙空檔的瑣務，總得等候設計師撥冗。還是在那老師傅的店裡，最能感到他對於自己的才華的尊敬。

十年前濱崎步翻唱老歌〈teens〉：「你曾對我說短髮不好看，我說長髮不方便，可是終於被你說服了，留了長髮。」歌詞中敘述的年少情懷，如此浪漫可貴，但也隱隱可見長髮恆久作為繾綣的象徵，終於變成一種美的規訓，令人當起頭髮豢養的寵物。當然，也不僅僅是長髮，但凡涉及維持，不拘長髮短髮直髮鬈髮紅髮藍髮真髮假髮，到底都是一座金絲籠。

也許哪天我受不了了，悉數剪去，徒留童山濯濯，無關修行與宗教。也許哪天我年輕不了了，就讓白髮三千丈流成緩緩的冰河，流進歲月的水槽。

飄柔

朋友告訴我，最近她跟風買了一罐老牌平價洗髮乳，因為它的氣味聞起來就像Jo Malone的「英國梨與小蒼蘭」香水，有種殊途同歸的快樂，因此用得極狠。我想，便宜未必沒有好貨，又或者，便宜的西貝貨卻能營造真實的愉悅，那也算是一種高貴了。關於那罐調得唯妙唯肖的洗髮乳……香氣本是縹緲之物，現在又帶了虛擬的質地，或許就連逸散時的分子也有模仿的姿態，教人越發捉摸不定，這是多麼值得憧憬的隱匿與消失。

天氣漸漸好轉以後，我開始覺得自己的厚重，於是上髮廊打薄頭髮。這些長長的頭髮，跟了我整個冬天，像是一件熟悉的毛衣，「它曾經陪你走過幾條街，它曾經陪你喝了好幾杯，冰的咖啡，陪你遠走高飛，拍照留念」，已經有點令人依賴。然而，春天是該好好褪下毛衣了。黑的毛衣白的毛衣，新的毛衣舊的毛衣。冬天我用各種蓬鬆綿密的纖維遮蔽自己，春天這些編織不合時宜了，那就只好讓自己變得更薄更薄，像是不存在，或者隨時可以不存在。如同感冒咳嗽的夜晚，獨自待在廚房幫一顆梨子開刀：削皮，去頂，剜心，餵藥一般填補一點剔透澄黃的冰糖，然後送入電鍋緩緩地蒸。梨子住進開了暖氣的病房，香汗淋漓，一口一口服完冰糖，那些甜與營養滲透果肉，藏起來了，於是令它成為另一種藥方——這是多麼值得憧憬的隱匿與消失。

我坐在髮廊的鏡子前，看見溼潤的頭髮一綹一綹別起來，俐落的平板梳與打薄剪刀一步一步走下來，嘁嘁嚓嚓嘁嘁嚓嚓，恍若許多秒針移動的聲響疊合在一塊兒，嘁嚓嚓嘁嘁嚓嚓，從冬天邁向春天。然而打薄不是什麼大刀闊斧的工程，只是細細小小的修整，沒法兒真把誰修得不見人影，我想我到底無法自這光鮮亮麗的世界順利隱匿與消失。社會的探照燈找來找去，罩在頭頂成了春日的豔陽，教人不得不走出戶外給出一個自己的造型。時裝雜誌裡的日本模特兒，三三兩兩並肩站在一起：她穿一件黑白條紋露肩七分袖棉衫，竹簍包，緋紅麂皮圓柱高跟鞋在踝後繫出大蝴蝶結；她穿一件藏青海軍領白襯衫，抽鬚丹寧迷你窄裙，泡泡襪下紅白格子布面包頭高跟拖鞋；她穿一件鼠灰平口螺紋針織衣，細肩帶蕾絲鑲邊黑色連身裙，鉚釘綁帶正紅低跟瑪莉珍鞋。這些標緻人，踩著迥異的紅鞋，躍然紙上，含笑示範如何活得旖旎。

世人紛紛趕赴春日的派對，教我措手不及，只好闔上那樣明媚的書頁，不聞且不問。剪下來的頭髮噴上脖子，帶來劣質毛衣的扎刺，使我想起某件陪我度過寒流與冷雨的黑色毛衣，總把肌膚摩挲得發癢發紅，彷彿過敏了一樣，穿著時心裡不禁生出微微的排斥。現在毛衣與頭髮都要收起來了，倒又有點教人懷念。貼近的時候嫌煩，直到分離才願意留戀，因為太過日常太過自然，就不知道安全外邊的險境。這是換季的重蹈覆轍，也是人生裡輪迴的錯。但是錯的都已經錯了，剪的也已經剪了，我只能繼續把生活打薄一點，減輕一點，作為哀悼之後的亡羊補牢。（那些留下來的綿羊，也許能再製出溫暖的毛衣，讓我在冬天放心當個厚重的人，可是不被察覺。）伸手順一順剪好吹好的頭髮，我該為自己失去的重量而歡喜。

付帳離開之際，匆匆瞥見那一地落髮。雖說不過是打薄而已，卻也刪節了不少，絲絲鬚鬚的，宛若無數散漫蜷曲的秒針，來自達利名畫《時光靜止》裡面那些癱軟不支的鐘錶。這是時間走過宇宙洪荒，走過四季十二宮，走得太累太累了，終於再也無法前進。

兒童美髮

兒童髮廊裡立著幾張汽車式座椅，車尾各有各的仿真商標：奧迪，寶馬，藍寶堅尼，賓士。小小的敞篷汽車飛升在半空中，限制了乘客的年紀與身量，車與車的間隔極寬，以便容納環繞於座椅周圍的母親、父親、設計師、設計師的四層工具車。每一輛汽車前方設置一面落地鏡子，鏡子中段鑲嵌迷你電視，兒童坐在車裡目不轉睛，從而停止了扭捏動彈，任憑設計師進行諸般美髮措施。

逛百貨公司逛到兒童髮廊時，我總是不禁向裡面看了又看，對於各式美髮景色感到怔忡不安，也許是因為兒童太多了的緣故，也或許不是。某些兒童剛剛脫離嬰兒時期，還保留著嬰兒的膽怯，聽聞電剪發動的聲響便要哭鬧起來，彷彿剪除的不是頭髮而是他終於累積的一點成長——所謂的垂髫之齡。我記得一個兒童蓄著淺金的軟髮，大約三歲，嚎啕著，不肯坐上椅墊，他的母親只好取出一盒自備的草莓，叉著草莓在他嘴前轉了又轉，作為誘導的獎品。設計師的電剪往上推一下，他咬一顆草莓，再推一下，再咬一顆草莓，漸漸才把腦後的頭髮刪去絲毫。

年齡稍長的兒童較為鎮靜了，端坐在她的汽車裡，以富於經驗的儀態接受燙髮的手續。兒童的母親一邊與設計師聊天，一邊拿手機拍攝燙髮流程，上傳社群媒體，一邊讓兒童觀賞螢幕裡自己滿頭的紅綠髮捲，好比服務一個模特兒，一個模特兒她負責展示母愛。

兒童髮廊裡的兒童總是穿著光鮮，即使剪髮最忌諱漂亮衣衫，也打扮得像要參加宴會一般——宴會畢竟不是一種場合，而是一種氣質。稚嫩的丹蒂主義，性別化的時尚生活，這裡針對兒童提供了絕佳的練習機會。頂著新剪的髮式，他們可以去學校上課，去公園遛狗，也許也並不特別去哪裡做些什麼，就只是日復一日等待頭髮長得更長，更密。踏出兒童髮廊，最普通的兒童也美麗得近於花童，僅僅是邁步，身後就彷彿跟隨著並不存在的新郎與新娘，很有走在世界前端的意思了。

有一次，在兒童髮廊，一個父親比劃著自己的龐帕朵髮式，要求設計師依樣替他的孩子剪出相同造型。設計師一時轉頭看看父親，一時轉頭看看兒童，複製著他的鬢角的輪廓。兒童的頭髮給抹了髮油，撥得鬆鬆亂亂，梳出一稜一稜的線條，接著從額頭整幅往後吹整，吹得又厚又高，微帶鬈曲的波紋。父親頻頻頷首，滿足至極，向孩子笑道：「現在你對著我就是照鏡子了喔。」兩人穿著彼此映襯的同款親子裝，像一對尺寸懸殊的雙胞胎，大龐帕朵與小龐帕朵，手牽手踩過了零散的落髮。

我忽然明白整間髮廊一直以來令我感到怔忡不安的是什麼。是鏡子。兒童高高坐在汽車式座椅中，正對著鏡子上的電視，而非鏡子，因此他們其實無法看見自己臉孔的倒影。這真是非常神祕的。對於美髮過程的容貌變化，兒童似乎並不需要好奇或發言。這些形同虛設的鏡子的寓意是：兒童的風采，常常是家長的風采的一部分，而不屬於兒童。新潮的髮式入了設計師的眼，入了父親母親的眼，入了手機的眼，眾目睽睽關切著，兒童本身只是一件精雕細琢的作品。

龐帕朵父子離去了，設計師著手整頓四層工具車裡的器物：尖尾梳，排骨梳，圓滾梳，鬃毛梳……無數的梳子在無數的兒童頭上梳理著，梳出了童年的漫漫長路。乘著敞篷汽車，那些兒童轔轔趕往遠方的未來，遠得不知是否能夠抵達。童年結束以後，他們想必也會發現，頭髮與關於頭髮的美勞是比童年更為永恆的存在。

輯三：氯氣

感冒患者

又是這種感冒的時節，只能懨懨躺在床上，缺乏體能與聲音。我住處附近的耳鼻喉科診所有三間，都在同一條街上，可是我走不到那裡去看病。我向來是過度迷信藥物的，因此並不是諱疾忌醫，只是穿著睡衣每每就不禁散漫了起來。

我母親在廚房削柿子，削過一顆又一顆，問我吃不吃，因為柿子是協助止咳潤肺的。我勉強擠出一點回答，表示不要。整個水槽覆滿黃澄澄的果皮，很有落英繽紛的意思了。水龍頭垂著細長頸子面對那些果皮，像天鵝在池塘邊緣等待秋花漂散，伴隨漣漪與氣泡。身體是在何時感冒的呢？似乎是某天去學校圖書館還書回家後，突然就發覺喉頭啞了，呼吸也有抱恙的預感。感染的瞬間已經不可考，所能追思的都僅僅是假設。

那天去學校還書的時候，經過自習區的桌案，我看見一個少年正在演練數學習題，不知可是微積分。他的計算紙是一疊廢棄的日曆，薄薄的紙張透著魁梧的，數字的背影，綠字是星期六，紅字是星期天，儘管那浮現的紅綠終究只是清淺的紅綠，彷彿假日也褪了色，褪得幾乎消失了。日曆這種古典的計時器，應當不是現在年輕人慣於掛置在宿舍或租屋的物件吧？也許那是他從遠方老家攜來的行李。

在日曆的背面書寫，不知為何有種奢侈的感覺，其實那明明再節儉再環保不過了。我感到奢侈，也許是因為感到了平安。從日子的正面活到背面，日復一日，人們目送光陰的遠行，胸膛左側的心臟像一朵為喪禮而戴的白花。生存，生存就是見證其他的死亡，直到死亡終於再也不是身外之物。

我距離高中學習微積分的年紀很遙遠了，如今業已對它一竅不通。事實上，當時我就不曾真正理解過這門數學分支，因此腦袋也並沒殘留多少回憶。可是我記得我很喜歡某個關於圓與球的章節，數學老師在黑板謄抄的筆記裡有這麼一句：「空間中不共平面的四點決定一球。」一板書內容與字型同等工整的定理，不容質疑，因此往往也就教人不置可否，它告訴什麼就是什麼。數學課似乎總是靜默的，太過靜默了，在講義裡那些關於圓與球的頁面上，只有大大小小的球體的手繪插圖，吹泡泡也似，作為解題的輔助。夢幻泡影的青春時代。

我的數學老師畫圓，畫球，從來不使用圓規，徒手一揮粉筆就是最標準的三百六十度。他是個將自己活成了規矩的男子。同事常常笑嘆他的完美主義，搖搖頭，誰都滿懷仰慕。據說他在家裡是個專司家務的人夫，曬衣服時必要依照尺寸與色彩逐一排列，近乎偏執狂。某天，數學老師說，他的眼睛其實不太能夠分辨顏色。偶然吐露的祕密，以吹泡泡的語氣輕輕帶過了。

在感冒的日子裡，我整個人成了泡泡製造機。涕泗的泡泡。痰的泡泡。調製熱飲時玻棒攪出的泡泡。想像體內白血球與病毒的爭戰，不知白血球是怎樣的一種球呢。是足球那樣嗎？是地球那樣嗎？可是埋首求取一道切線或一點球心的歲月已經遠去了。

從前的人喜歡祝福病患「早占勿藥」，病患康復了，就寫封回信，說明自己「已占勿藥」，感謝對方的惦念。沿襲日曆的配色法則，早字應是綠的，已字應是紅的，因為是未來式與完成式的差異。難以前往診所領取粉末與糖漿的我，躺在床上想著這些，額頭敷了一條冰毛巾。

魚藻

有段時期似乎流行服用綠藻錠，我母親也跟風買了幾罐，據說對於健康是極有助益的。圓而扁的小綠錠子，散發濃濃草腥氣，我總是笑道：「簡直就跟吃魚飼料一樣。」久而久之漸漸不願意吃了。母親對此很是不滿，因為她蒐羅而來的燕麥飯，酵素、蔘丸、苜蓿芽汁，我從來不肯聽話進食，然而她也還是繼續隨著時尚蒐羅著其他保健食品，樂此不疲地。

最近某個朋友自己釀製啤酒，拍了張啤酒花顆粒的照片上傳 Instagram，戲稱它們是魚飼料。我看著照片裡土青色的圓柱形顆粒，密密麻麻的，不知它們聞起來是否芬芳一點呢。每次吃那些綠藻錠，即使喝水迅速嚥下也還是滿口藻味，我總覺得恍然明白了池魚果腹的心情，儘管這種想法不免又要落入濠梁之辯的迴圈了。

台北有幾處中式園林建築，園林裡挖一座池塘，池畔總是設一部錦鯉模樣的販賣機，投進幾枚銅板它就哐啷滾出一管魚飼料，作為踏青兒童的玩具——我至今記得孩提時代每次餵魚後，手心殘留的魚飼料的氣味。餵魚是滿足兒童權力慾的遊戲，在涼亭，在拱橋，孩子伸手撒出無數糧餉，游魚遂花花簇簇前來喋呷，雪般波瀾四濺，很有一呼百諾的意思了。在這種視聽感官充分獲得享受的時刻，餵魚的兒童也近於一個觀音，然而其中也許並不涉及慈悲，並不涉及憐憫，反倒有點居高臨下的殘酷。降生於世界，便要致力踩上自己所屬的階級，這是人類自幼即開始練習的功課。

長大一點，我去水族店買回一對鬥魚，將池畔的餵魚消遣從室外搬進了室內。鬥魚是如此豔麗的生物，長尾飄飄，仙氣十足，牠們一緋紅一鈷藍，各自住在各自的小玻璃缸裡，王不見王地。每日我最期待的就是餵魚的時間，早晚各餵一回，指尖抓著飼料罐謹慎澆灑，無過無不及——提供營養是一種幽微的占有。也許是因為飼育設備不甚標準，鬥魚活得不久，死後就葬進馬桶沖掉了。

很久以後我在日文課上學到授受動詞的用途，當時那些餵魚事宜便彷彿暗暗寫在課本的字裡行間。日文老師表示，在這規矩嚴明的語言中，「給」的動詞亦有等第之分，必須根據對象的位階而調整說法。給上司，給下屬，是手心或翻或覆的差別。給植物水分，給寵物飼料，那更是朝向低處的布施了。然而，從前餵魚時我並不懂得這些，也不覺得人類到底何德何能。理解一套文法往往等於理解一套哲理，而這是曠日廢時的。我常常想，餵魚的快樂究竟來自什麼呢。也許一切關於餵養的行為到底都是為了餵養自身，無論填補的是慾望或情緒或其他的什麼。

中學六年，我在鄉村一所寄宿學校就讀，離家離得很遠。到了週末，同學一車一車返家了，我還是申請留在學校溫書，過著避秦人也似，與世隔絕的生活。那所學校美極，美得宜於心事重重。寒冬的細雨下過以後，整個校園的空氣都濛濛成了碧色，宛若藻華。留校的我對於書本上的莫耳與安培感到十分厭倦，於是常常拿著吐司到中庭餵魚了。學校中庭有一座不規則形狀的池塘，中央石造假山巍峨，噴泉汩汩，池裡豢養了五彩斑斕的錦鯉。當時讀到《詩經》裡「魚在在藻，有頒其首」的句子，我立刻就想起牠們。

偶爾我也立在高樓女兒牆邊望著那座池塘，繽紛的錦鯉成群結隊，不知為何在池裡繞起了圈子，沿著假山，一匝一匝，泳速漸漸緊急了，轉成金銀霓虹的漩渦。直到高中畢業將至，我才獲悉那座池塘的輪廓是個宜蘭縣。

在這座多雨的山丘上的學校，我始終不很快樂，只有假日獨自餵魚時稍稍解悶一點，因為我也一樣地殘酷。錦鯉似乎總是餓得不得了，明明是那般雍容華貴的魚，卻有如此爭先恐後的吃相，一種無人性的貪得無饜。據說錦鯉是缺乏飽足感的，倘若餵食欠於節制，牠們也就會努力加餐飯，加餐飯，加到死亡為止。「明天會是好天氣嗎。」池畔的我總是一邊這麼想著，一邊撕著手中的吐司，施捨也似，站在人類的位置俯瞰錦鯉的無憂無慮。真好呢，當魚。在六點的晚餐鐘聲響起以前，我可以在青山綠水之間發起漫長的愣，出神很久很久。

然而，我非魚，從來不能曉得魚的快樂。魚非我，遂亦不能曉得我的不快樂。

半夢半醒之間

清晨四點忽然醒了過來，我在黑暗中聽著小暖爐運轉的聲音，默默感到，冬天似乎確實是來臨了。

半夢半醒的時分，除了直覺什麼都靠不住。我縮在床鋪上，朦朧想著一些什麼，莫名打了個噴嚏。鼻子塞住了。我總覺得鼻塞是一顆冬眠的球根，處於等待的狀態，等著天氣轉暖的時候，開出一朵水仙花或鬱金香或風信子或別的什麼，而此刻僅僅是醞釀著，在寒冷之中蜷伏著。

這種忽然甦醒的時刻，恍恍惚惚的，臥室裡滿是令人放心的氛圍。一切尚未開始，床邊的小暖爐轟轟地響，聽不見秒針的窸窣。小暖爐內部燃燒著仿真的火光，黑暗中，立在那裡散發紅暈。

前陣子我通勤經過百貨公司的地下街，發現一家新開的烤雞館子。餐館門口設置了一座巨大烤箱，空心的雞隻給串在旋轉烤叉上，一橫排一橫排翻著觔斗，烘得油光水滑。沒有頭就不會頭暈了。那座烤箱當然是電動發熱的，可是底下也有虛擬的木炭與火焰，模仿西洋的壁爐。天氣冷了，餐館滿座，排隊的孩子們趴在玻璃牆邊注視那赤紅的薪火，感受那不可觸的溫度，眼神殷切非常。

也許這家烤雞館子已經開張一段時間，我卻遲遲未曾發覺。於是我忽然覺得愧疚了，為了自己不是一個稱職的城市人。明明住在城市裡，我對於各式華麗與熱鬧的印象卻總是模模糊糊的，兀自活在一種半夢半醒的狀態裡，輕易就感到事不干己。敏銳是一件太過令人疲倦的責任。

我也經常在電影院裡睡著，不管是什麼類型的片子，不管喜歡或不喜歡，只要待在那涼冷的，漆黑的空間裡，我就沒有辦法正襟危坐了。久而久之我就不再去電影院。電影院裡的睡眠總是斷斷續續的，偶然睜眼復甦的時刻，只見銀幕映出一片大雪紛飛的白，或是滿天星斗的黑，也不知道劇情進行到哪裡了，一切如電如影，沒有什麼可謂重要。半夢半醒之間，無數殘缺的電影片段串成了蒙太奇，彷彿是這個樣子，又彷彿是那個樣子，連自己都疑疑惑惑起來。

在這種時候，我總是想起張恨水的《啼笑因緣》。小說裡某一回，張恨水寫到民國政治重心南移，北京改名北平，代表時局已經安穩了。再過幾回，眾人苦心設計，終於喚醒瘋女沈鳳喜。她的神識暫且清楚了，心心念念的仍是數年前分離的戀人樊家樹，遂向前來探望的舊友詢問道：「我明白了，大姐到北京來，也是來會樊大爺的吧？」初讀至此，我不禁佩服張恨水的周密，短短「北京」二字就道盡鳳喜乍醒之際，那不知有漢的迷惘。她還活在昔日的回憶中，恢復理智的同時也就召回了情感，可是失心的那段歲月她像夢了一場春秋大夢，是故事裡的局外人，醒來後什麼也不記得了。

我想著這一切，清晨四點，無聲地窩在棉被裡動也不動。冷冽的日子似乎確實是適合微微消極的。不合時宜的夢寐令人從井然的日常秩序裡脫隊，跟不上幻術也似疾疾變化的情節，只有獨自鑽研無足輕重的細節，往心裡的冬天沉沉睡去，如同一顆封藏的球根。

醒來的人成為世界的一分子，睡去的人，就暫時從人間退出了。我覺得非常安寧，在靜靜的黑暗的睡眠裡，與這世界一點關係也沒有。

陽台的月光

某段日子我與母親同住的公寓房子，有個小小的陽台。陽台上，不知是房東還是昔日的房客種了幾盆植物，但是疏於照顧，我們遷入的時候早已奄奄一息了，風吹日曬，成了枯枝。倘若好好用上一番心思，這裡不難成為一個都市裡的空中花園，因為那些花器塗著絕美的釉彩，也因為那座特別安裝的洗手槽的水龍頭上，停著一隻展翅欲飛的泥金雲雀。這一切鋪設，顯然正是為了營造一場奇花異卉的夢境，就可惜我們沒有時間。

陽台的另一端是洗衣機，曬衣服的竿子。我總是在深夜將積累的衣物包入網袋，扔進洗衣機裡，洗好了，就著清亮的月光曬衣服。天亮了衣服就乾了。

夜晚的陽台自有一種安定人心的氛圍，空蕩蕩的，沒有聲音，沒有一點聲音，只有靜。可是因為太靜了，曬衣服的人聽得見心底的祕密。曬衣服的時候，我常常將心底的事情一件一件翻出來，抖擻一抖擻，掛起來。天亮了這些溼淋淋的心事就乾了。

站在陽台上，眼前三面盡是其他公寓的背面，看得見許許多多窗戶，許許多多後陽台。一家有一家的鐵窗，有的是筆直的欄杆，有的是菱形格子，有的彎彎繞出繁複妖嬈的鳶尾，有的是同心圓，有的像蜘蛛網一般編織開來，有的以無數S符號彼此勾連，教人目眩神迷。雖是小社區，也有侯門深鎖的意味。鐵窗的設計向來注重幾何圖案的規律與重複，這裡那裡，精雕細琢，鑄成一座又一座華麗的樊籠，囚著現代人。

曬衣服的時候，我常常望著這些鐵窗發愣，忘卻了手邊事務。白天這些鐵窗的質地一目瞭然，有些窗子年湮代遠，紅鏽鱗鱗剝落，有些窗子依然簇簇新，閃著銀亮光澤，或者上了黑色的烤漆，沉默而別緻。可是此刻，這些鐵窗的材料與色彩隱沒在夜色裡了，襯著窗後室內的燈火，看上去，只有五花八門的剪影。

這一戶人家，暖黃的小夜燈籠罩臥室，像一壺濃釅的茉莉茶，沖好不久，正擱著冷卻。

那一戶人家，霧濛濛毛玻璃背後，螢螢閃著電視機的藍紫的光線。

另外一戶人家，本來黑著，忽忽點了燈，一塊雪白矩形剎那間浮現。也許是夢醒撲蚊子。

等待衣服洗滌的時刻，百無聊賴，我總是躺在客廳的咖啡荔枝皮沙發上，也不扭開壁燈，意念恍恍惚惚的。什麼也不做，什麼也不想，只是等待著。陽台的月光透過窗戶與紗簾探照進來，圈住了壁紙上的畫眉鳥，可是沒有圈住我。

我們的陽台不曾安裝鐵窗，與周圍鄰居「防微杜漸」的考量恰恰相反，若有宵小，確實通行無阻。可是我們迎接月光。社區的棕櫚樹自庭園裡拔地而起，綠葉扶疏，隨著晚風緩緩搖曳。整棵棕櫚樹像一隻搔搔拂拂的大手，那夜空便是一隻橫臥的黑貓，恣意賴著，小肚子給手掌輕輕揉著，太美滿，太舒適了，於是眼睛瞇得弦月一般。

我揭開網袋的拉鍊，取出洗好的衣褲，抖擻一抖擻，披上衣架。脫了水的衣衫，摸起來冰冰涼涼的，如同月光的溫度。這個時候，我的胸臆或許也就像一座陽台，長短煩惱分門別類，依序排列整齊，風吹過來，它們便在風裡緩緩蕩漾，散發清潔的芳香，很淡很淡，淡得幾乎要消失了。

春寒的夜裡，偶有幾隻野貓傳來纏綿的啼聲，如怨如慕。

那些衣服在陽台上給月光烘著，漸漸乾了。

天下無雙

有些人的耳垂飽滿多肉，拖得長長的，菩薩也似，據說這是極有福氣的面相，非凡夫俗子可得。這樣的耳垂有個華貴的稱呼，曰「垂珠」。對於缺乏垂珠的人，戴耳環或許是一種彌補方式，像維梅爾的名畫《戴珍珠耳環的少女》，在平庸中綴一點瑩瑩的光，於是暫時有了好命的模樣。

前一陣子逛地下街，我在某間藝品店買了一副手工耳環，作為遺失的耳環的替身。兩朵胭脂色玫瑰，扣在耳垂上，在劉海與鬢髮的掩映下祕密盛開，為善不欲人知一般謙虛。耳環宜於馬尾，宜於側臉，只是那樣堂而皇之，未免生出展覽的嫌疑。耳環的可愛，就可愛在一種捉迷藏的曖昧。耳環是天生要給人發現的。可是無人發現的時候，它們也很雲淡風輕，兀自對著耳朵說悄悄話，像溫暖呵護的吻。我很少求助於首飾，怎知買了這副玫瑰耳環後卻三不五時戴著，簡直當成平安符了。

這是一副鋁線夾式耳環，花萼處的夾子偏於軟，我得盡力把它們摁得緊緊的，緊得耳垂發疼，方有一種穩妥的感覺。然而其中一朵玫瑰終究還是掉了——天秤傾斜，鴛鴦分飛——我恨自己的粗心與人生的細心。人生的完美主義即體現於它的莫非定律。遺珠本來不足為奇，可是如果事事，次次，都得以缺憾收尾，那可就工整得令人不耐煩了。

流離的耳環使我想起電影《阿飛正傳》。電影裡有一幕，少爺旭仔狠狠揍了養母的小白臉，奪回一對水滴形珍珠耳墜，又將耳墜送給舞女咪咪。旭仔施捨似的，將耳墜拋進咪咪的手心，旋即轉身離去。咪咪發覺他僅留下了其中一隻，追住他，他便露出指縫夾著的另一隻耳墜，晃得它郎郎當當亂顫，作為邀約的餌，臉上是玩世不恭的壞笑。咪咪自然上鉤了。這是張國榮與劉嘉玲非常青春漂亮的一九九〇年，張國榮演起旭仔尤其邪媚，充滿自戀與自憐。旭仔的倜儻是要什麼就非得要到的高姿態，女人在他面前只有做小伏低，猛然想要站直一點，立刻又給踐踏下去，低到塵埃裡——即使如此卑微也還是要愛。然而場景一換，旭仔自己同樣給養母踩得死死的。

這段耳環情緣令人目迷。後來咪咪揚言要包養旭仔，傷了他的自尊心，終於被逐出兩人的關係。那對水滴形珍珠耳墜，自一開始便是乖隔的了。

十一年後，張國榮上老情人毛舜筠的訪談節目。張國榮曲著膝蓋，倚著斑駁皮沙發，非常放鬆的模樣，偶爾也反過來訪問一下毛舜筠，彷彿他才是主持人。那時張國榮已從香港搬去溫哥華又搬回香港。毛舜筠問他，難道不會留戀住過的屋子嗎，照他這樣多情。張國榮說，他對人有感情，對屋子沒有感情，物件於他一點也無所謂。所以朋友鍾意他的衫，他便說拿去吧。家人鍾意他的車，他便說拿去吧。他覺得他最重要的就是朋友；愛。

我常常把這段話放在心裡。不是為了抑制物慾或減省花費之類的。我這意思並非自己毫無物慾，而是我認為人在可負擔的範圍內取悅自己，並沒有什麼大不了。

我常常把這段話放在心裡，是因為它使我難得感到應當多與他人發生一點牽絆。可是我不能夠，我總是更善於流連物件的圈抱，為了落單的耳環而感傷。倘若有人不滿這樣的戀物，那也只有怪耳環過分美麗。

日文與其他

大學四年級下學期，我的課全是日文輔系的課。每個星期五門：作文課，聽力課，會話課，兩門文法課。事實上，這些課都是同一種課，因為文法課總要嘗試寫東西，會話課不可能避免聆聽，聽力課必須瞭解題目欲考的文法，而作文課也有辯論會之類的活動。我日復一日演練異國的句型，在許許多多夜晚獨自播放著錄音帶，想像自己某天也會在東京的櫻花樹下野餐。櫻花的粉紅花瓣徐徐凋謝，因為春季已經開始很久了。

所謂的語言究竟是什麼呢？所謂的語言究竟是一種發生，或是一種發明？諸如此類的問題，或許是每個學習外國語的人難免都會生出的思索。

日文的詩意在於曖昧。不說破，不說透，一切只在雲裡霧裡。這種朦朧有時來自文字本身的晦澀，有時則來自學習者的理解不足。學習語言就是這樣，起初大抵霧裡看花，唯有仰賴反覆的閱讀、翻譯、詮釋、談話、體驗、領悟，方能漸漸辨析箇中精微。學習日文亦是如此，而且在課堂上見識過霧裡花以後，回到日常生活，還得懂得令花繼續存於氤氳之中。

日本人的禮貌與委婉在語言結構上即可見一斑。日文的動詞放在句尾，動詞變化又放在語尾，因此聽人說話若不聽到最後一字，是無法明白對方真正意思的。對於那些半途收尾的話語，聽者僅能透過聲口與常理推測言者的奧義，求取玄妙的會心。真要把話說到盡頭時，日文句子總是長得不得了，因此日本人說話的速度特別飛快。日本的流行歌曲一首約在五至六分鐘之間，或許亦是配合填詞需求而演化出來的長度。在學習日文的過程中，學習者常常要致力將自己的性格裝扮成日式的態度，拘謹，客套，冷淡，抑制，坐在書桌前入境隨俗。

早期《名偵探柯南》有一回「鳥取蜘蛛之家的古怪」，故事場景在鄉間一個製造傀儡營生的家族裡。凶手在倉庫設下殺人陷阱，又將屍首以操縱傀儡的釣絲垂掛於半空中，絲線繁複錯雜，宛若蛛網纏身，外觀離奇而恐怖。然而，知道劇情底細的觀眾想必都能理解，這個故事真正可怕可嘆之處，其實在於導致殺機的語言隔閡與溝通失靈。

在故事裡，日本少女美沙與美國男子羅伯邂逅，戀愛，相伴度過一段快樂時光。羅伯返回美國前，在紙條上寫下「shine」這個單字贈予美沙，讚美她溫柔開朗，如同陽光一般燦爛。不諳外國語的美沙誤將「shine」解讀為「死ね」的羅馬拼音，意思猛然轉變成「去死」，因而傷心欲絕，懸梁自縊了。羅伯認定美沙是為了家族血緣糾紛而尋短，替她展開復仇，最後才知道真正害死美沙的人，正是他自己。

我常常想起田村隆一的詩作〈歸途〉：「真不該去學習語言的／只因為懂得日語和一點外國語／我便要在你的淚中停駐／我便要在你的血中獨自踏上歸途」。透過交換的語言和語言，人們渴求彼此理解，其實當無形的意念被納入有形的文字之中，難免就有些成分要錯漏掉了。如同拿著開口窄小的容器去承接水龍頭汩汩流出的水，到底不能夠涓滴盡收，而已經裝進容器裡的那些水，固然是水，卻也不再是最初的形狀。

學習日文多年，有時日文於我彷彿還是很陌生的語言。因為表達太過困難的緣故。因為聆聽太過困難的緣故。那時我也會明白，所謂終於悲哀的外國語，顯示的每每只是悲哀的唇齒與耳朵。

人魚

傍晚搭乘捷運去游泳，恰好遇上為了宣傳運動會而改造的彩繪車廂。車廂地板鋪了游泳池的照片，湛藍的座椅浮在湛藍的水波上，乘客來去匆匆，倏忽就有了水上漂的姿態。

一個幼童穿了碎花比基尼，綁著雙馬尾，支頤趴在這虛幻的游泳池裡，雙足翹得高高，任憑她的母親攝影。母親問道：「你還記得怎麼游泳嗎？」幼童摘掉權充髮箍的墨鏡，嬌聲應道：「我是人魚呀。人魚可以偶爾不游泳呀。」一池底磁磚的間隙，在波光粼粼中接成一排一排哆嗦的井字，彷彿池水太過冷冽，就連磁磚也打起寒顫。乘客上車下車，挨挨蹭蹭，時而掩沒了那點水汪汪的藍意。

夏日午後的游泳池擠得不得了，天氣大吉，人人都想著泡水納涼。紅的帽、黃的裝、綠的褲，在池裡載浮載沉，生出大量笑聲與水花，潑到身上，臉上，一陣熱辣的痛楚。去過幾次下午的游泳池，我就知道要挑晚一點的時段去了。在晚餐之後閉館之前這段時間，游泳的人群漸漸解散。紅燈、黃燈、綠燈，一盞一盞熄滅，水道通行無阻。潛入水面又浮出水面，只見池子一區一區空了，空得寂寥。池底的矩形磁磚上映著瀲灩的光影，扭出重重疊疊的問號。游泳的人數著這些問號，經過這些問號，不知不覺已到彼岸。

游泳的夜晚我總是不知倦，來回一趟一趟又一趟，遲遲不願起身。救生員頭上的大時鐘裡，分針秒針也像兩條疾疾擺盪的腿，踢出浪花，踢掉光陰。我很想待到夜闌人靜，最後的最後，看看游泳池無波無痕的模樣，可是從來不能實現這願望。

斯伐洛克的攝影師 Mária Švarbová 拍了許多游泳池的照片，我常常迷戀地，一張一張地瀏覽。這些照片裡的池水多半紋絲不動，玻璃似的，即使有點波瀾或漣漪，也是清清淺淺，凍凝在每一個日常的瞬間。只有游泳池的最初與最後才有這樣均勻的靜止。池畔的人在水面照出孿生的倒影，進行暖身操的，演練泳姿的，預備跳水的，斜攲在躺椅上的，誰的臉孔都瞧不出是快樂或悲傷。一切剔透衛生得生出一種病態之感，氯氣瀰漫，太乾淨了，遂難以分辨危機暗藏於何處。

也許下一秒那光滑的水面就要被打破，濺出暴力的水花，如同玻璃碎片割傷人體。但此刻還沒，只是令人感到岌岌可危的安全。

最近看見一支影片，一個西洋嬰兒穿著寬鬆的連身裙，站在戲水池的階上，前方有大人拿一隻塑膠花飾夾腳涼鞋拍出水波逗她。嬰兒伸手去捉，忽然重心不穩，面朝池水仆倒，就在水中圓滾滾翻了個觔斗，成為仰式，蓮藕似的小腿一蹬一蹬，沒有絲毫驚慌失措。嬰兒久居羊水，天生善於游泳，只是長大後漸漸遺忘了這件本領。

游泳時我不斷想起這支影片。「專氣致柔，能嬰兒乎？」游泳或許是返璞歸真的一種方式。我對於嬰兒沒有特別的偏愛，然而也不得不承認原始的事物有一種喜氣洋洋，天增歲月人增壽，又是新的生機。成人總是推崇赤子的天真，所謂天真，說白了就是不假辭色的善意與惡意。成長則是失去這種直接，學會各式婉曲。也像捨棄本能的水性，換取泅於人海的輕盈，浮來暫去的水上漂，什麼都不求深刻，只要足以自珍自保便已很好。

畢竟，游泳池總是博愛，從不排斥任何人的疹或癬，汗汁或眼淚。

借來的書

在夏天裡，我去圖書館借回許多舊書，將自己的房間築成了書巢。這些書的刊印時間與地點距離我太過遙遠，難以企及乃至絕版無法購買，否則我是最不情願借閱的。

借來的書是可怕的。圖書館的書跟著借書者南南北北，白紙黑字在纖維的罅隙裡儲藏了光的溫度，風的溼度，也許還給意外噴上一點玫瑰檸檬汽水，沾著些許傷心涕泗與皮膚的碎屑，色香味俱全地髒了。有時書一翻開，立刻散出隱隱的淡巴菰氣息，我可以想像曾有哪位讀者，一邊支頤苦思，一邊徐徐吞吐雲霧，指尖星火微明微暗。菸酒生的呼吸。

借來的舊書尤其給我一種毛茸茸的觸感，像各式各樣的毛織品，氆氌、氍毹、氄毹、氈、毯、毬之類，永遠披掛於辭典深處的質地，陳年而陌生。這些舊書的厚重，來自日積月累的灰塵、指紋、水漬、皺摺、補釘、蠹魚、蟎蟲、霉絲，即使只是清淺的底線或圈點，那也是玷污的。闔上它們，我經常發現手腕過敏紅癢了。儘管圖書館大多設有紫外線殺菌箱，到底殺不淨人性裡的潔癖。

書我一向是不跟人借，亦少借人。在私藏的狀態中，所謂書香只是一種體味，來自反覆摩挲紙頁的讀者，獨善其身，孤芳自賞，嗅來嗅去無非水仙的清芬，很有偏執的意思了。

現代社會的特徵之一是基於私有制的公共性，它並不杜絕自私，而是協助四面八方的私慾和平相處。在圖書館，游泳池，電車廂，人們練習挨蹭地分享，儘量端出理智與道德。地球是一枚圓滾滾插針包，密密麻麻刺滿了大頭針，一根針就是一個人，每個人有他的立足點，並且致力將自己縮得細極細極，然而那站立的針尖本身就是具傷害性的。借書的時候，看見網站書目後的預約人數，古老借書卡上的歸還日期，我總是感到一種輪流的文明，忽地想起林夕寫的歌詞：「感情需要人接班。」那些眾人排隊共用的書，在掌心與掌心之間浪遊，漸次蓄起祕密，遂滄桑了。

在圖書館紛紛數位化之後，借書卡或虛設或作廢，書的出借履歷也像個人的羅曼史一般不透明。然而，我借閱的書太過陳舊，有些甚至業已納進庫房，非得特特申調不可，顯然平素無人聞問，不必探詢它們的履歷我也知道近乎寂寞。例如某一本一九八五年的書，紙頁微微泛黃了，摸起來鬆脆涼冷，像一塊兀自氧化的蘋果，可是沒有一點斑或一點爛，它的純粹令我感動。無論圖書館怎樣開放，想必總會有這樣一本舊書守在架上，靜靜等待它稀少的讀者。朋友們總是笑道：「你有處子情結。」我懶於辯駁，只說，我不喜歡輾轉的書並不表示我就不喜歡輾轉的人。這是消費與汰換蔚為流行的時代，因為一切均屬暫時的緣故，再親暱的物事也是借貸性質，遑論伴侶。

我常常想起電影《為愛朗讀》裡，韓娜向監獄圖書室借出契訶夫的《帶小狗的女人》，一邊聆聽昔日情人麥克寄來的小說朗讀錄音帶，一邊拿枝鉛筆逐句對照，緩緩學起了認字。麥克初次為她朗讀契訶夫那個夏天，兩人曾經熱切作伴，以肉體或知識相互啟蒙，然而經過這些歲月的乖隔，當年的男孩早已成為大人，女人也已成為老人，再也無法回到從前。

世上的快樂有它的總額，這人占用太多，那人遂用得太少，最公平的結局，就是誰都限時定量擁有。如同借來的書，他們那短暫的晴朗也是借來的，終須歸還。

秋葵的橫切面

夏天收到許多來自鄉村的秋葵，一袋一袋，太過翠綠了，整個冰箱遂有一種溫室的彩度。每日午後我取出幾枝秋葵略略汆燙一番，很快起鍋冰鎮，涼拌一涼拌，就草草解決了一餐。草草的意思在此是：成為草食動物。

整個夏天我關在屋裡忙著，也像關在自己的心裡。論文一籌莫展的時候，就到廚房尋覓秋葵與剩餘佐料，思考還能怎樣料理它們。然而，說是料理，或許太過隆重了點。秋葵玉子燒，茄香秋葵，梅花肉捲秋葵，這類菜色，在我的水煮生活裡是沒有的。獨自燙著秋葵，獨自吃著，在雷雨聲中，只有我與我自己坐在餐桌兩側。左邊的我以叉子執起一枝秋葵，蘸點胡麻醬；右邊的我以叉子執起一枝秋葵，蘸點蜜柚醬。左邊是過去的我；右邊是未來的我。只要將此刻的靈魂剝成了兩半，光陰就能延展開來。新的我與舊的我日復一日在餐桌上對話，而此刻的我總是消亡。

我漸漸練習以烤箱烘烤，以電鍋清蒸秋葵，可是到底最喜歡氽燙的手續，因為守在爐台前照顧那鍋子，那種凝神，才是自炊作為生活調劑的關鍵。即使只是隨意剪一張黑木耳，剁幾塊白竹筍，放它們與秋葵一同沐浴，也是充實的。忙於論文的日子總是需要撥冗，需要一點分心的外務，不拘是烹飪或者其他的什麼。

因為需要分心的緣故，有時我也試著寫一些英文詩，沒有格律，沒有典故，純粹是自以為是的娛樂。也甚至根本稱不上詩，不過是一個長句截為幾截，並列成行而已。這些英文句子躺在廢紙上，像秋葵躺在砧板上，裁出一段一段，那橫切面與橫切面之間或許也有五角星的形狀。新近寫的一首是這樣的：

Being occupied with toys
Whenever there is something bad
Can make us carefree boys
Like those in a TV ad.

遇到煩惱事的時候
埋首玩一些玩具
可讓我們像電視廣告裡頭
那些男孩般無憂無慮

秋葵經常權充這樣一種玩具，在漫長的夏天。另外一首是這樣的：

Hardly is it easy to get out
Of daily routine—a soap opera—
Until there comes the boiling shout
From my pot to blanch an okra.

簡直難以輕易脫離
肥皂劇似的生活常規

直到湯鍋沸騰的叫聲響起
我將以它氽燙秋葵

寫這些詩的時候，琢磨著簡單的韻腳，那種感覺，就像以鹽巴緩緩搓洗秋葵毛渣渣的表皮，直到小刺悉數落盡，摸起來光滑而柔軟。可惜我拙於翻譯，將這些短詩改以中文表達，就少了最初的新鮮氣息。那終究是自我的腐敗。

某天我夢見台北的街道長滿了秋葵，一株一株，指向太陽，整座盆地遂成了秋葵森林。巨型的秋葵自地底穿刺而出，破壞了城市，汽車飛天，高樓頹傾，行人紛紛走避不及。一個勇者揮舞著利劍，披荊斬棘，將茂密的秋葵逐一斲成三段，四段，苦苦拯救世界。無數的秋葵的橫切面散亂於夏天鐵板似的柏油路上，翠綠的五角星轉來轉去，流出黏液與種籽。那些潮溼的種籽觸著地面，燙了燙，輕煙不絕。

夢裡的時間比現實更久長，秋葵森林像維持了一個星期的天災。醒來後就發現那不過是片刻的午睡而已。烤箱忽忽叮了一聲，提示我的鹽烤秋葵已經熟了。我睜眼聽見它，就像我已太過習於自己的作息，每日總在鬧鐘響起的前一秒起床。

理想的早餐

常聽留學的朋友們訴說獨居的孤寂，三日入廚下，自炊自食，總是在餐桌上最感到無靠。為此有的朋友與同學組成週末早餐互助會，成員依序輪流開伙，其餘的大家則串串門子，又吃喝又開下次聚會的菜單，一小時內解散。

每回講起台灣的好，這些朋友除了懷念便利商店，就是早餐店了。外國有的是星巴克、麥當勞、潘娜拉，偏偏沒有一間美而美。台灣的早餐店，也有蛋餅蘿蔔糕，也有漢堡三明治，就連法式吐司、美式貝果、德式香腸、泰式奶茶亦是常見選項，真真學貫東西。依據他們眷戀的描述，早餐店的油煙也是浪漫氛圍，像盧廣仲的歌曲〈早安，晨之美！〉唱的：「永遠在這裡歡迎光臨你。」

留學的生活是怎樣的生活呢？我想那應是在日常的煎迫中將自己的不安漸漸推展成平安，像在平底鍋上推展一張荷包蛋，黃的黃，白的白，蛋液凝固以後，邊緣鑲一圈脆焦。

現在我很少上早餐店了，甚至根本就不吃早餐，時饔時飧，不饔不飧，任誕妄為。我想起早餐的英文「breakfast」，它的本意是結束食戒，在漫長睡眠後終於大快朵頤，久違的第一餐。這個單字帶有朝暾的霞光，它的寓意是一種畫出夜伏的作息，太過按部就班的規矩，幾乎是早餐店的縮影：積極，盡責，標準化。早餐店有早餐店的智慧，小圓盤子外罩一層塑膠袋，既節省清洗功夫，臨時打包亦快速，這原是來去匆匆的場所。然而我害怕早餐店裡那種急促的人生觀，有誰滑手機看股票，有誰翻報紙看星座，鑑往知來，因為此後即是陌生而恐怖的一天，最初的早餐也像最後的晚餐。電視新聞的尾巴，鏡頭帶到遠方的動物園，一群圓滾滾水豚圍啃一顆西瓜，孜孜矻矻，綠殼裡露出溼紅的果肉，很有來不及的意思了。

理想的早餐應是緩慢的，缺乏時效性，沒事人從容切割桌上一塊格紋鬆餅，刀叉行過阡阡陌陌，如同踟躕於戀人的心田上，楓糖遍地。他窩在沙發裡，骨軟筋酥，剝一隻可頌。她靠著床頭櫃，就著小木帶腳托盤，叉一片酪梨。再十萬火急的物事也急不過烤麵包機的彈簧。

理想的早餐話題總是舊事，眼前還沒有什麼新起的危難。噩夢是昨夜的，政治醜聞是上星期的，煩惱是過去式的，雷陣雨是業已預測好了的。即使是在培根旁閱讀培根傳記，在歐姆蛋旁溫習歐姆定律，那歷史與電學也是古老的。也像小說《以你的名字呼喚我》裡面，奧利佛與艾里歐一家在早餐桌上追溯杏桃的字根，關於它怎樣從拉丁語借至希臘語，又怎樣從希臘語借至阿拉伯語。長天老日的南歐盛夏，眾人經常在戶外的餐桌上給太陽烘得發愣，艾里歐總稱這是「正餐的苦差」。這種餐敘的背景是最無聊的平安，咖啡淹上懸壅垂，果醬敷過扁桃腺，無病無痛，一個身強體健的今天。

我在 Instagram 上追蹤一個專拍「對稱早餐」的帳號，是位旅居上海的英國先生逐日為伴侶準備早餐的影像記錄，因為對方太忙碌，兩人只有早餐時間能夠團圓一會兒，他遂決定要為這餐添些特色。從不重複的兩份餐點並列於桌上，孿生一般，「一個人彷彿有了兩個身體」，近似憂心的貼心化作蛋糕、沙律、蒸餃、炒麵，似乎沒有什麼食物不能成為早餐。這種求新求變應可視為一種提醒：夠多元，才夠營養。

看著這些照片，我總是不禁生出烹煮早餐的憧憬。然而吃或不吃，到底無關緊要，緊要的是，我又覺得生命是美味的。

棉花與地雷

成年以後的颱風假總是匆忙度過，全然沒有什麼偷了空的閒情逸致。儘管手中確實多出一點空白的時間可運用，可是那份空白並非為了留白，立刻又填滿了棉花似的事務，猛然增設的假日也只是寬限而已。或許本來也就不該期待什麼閒情逸致。像這樣子，能夠好好地忙著，或許其實已是一種閒，已是一種置身事外。這樣的逃逸是自更大的災厄與烽火之中缺席。

城市連續放了兩天颱風假。假期很快結束了。近中午我出門去，行至半途，竟看見公寓後門外的柏油路上，處處鋪了一團一團的棉花。枯枝敗葉，泥水窪，碎玻璃，毀壞的傘，歪倒的單車，這些都是可以想見的景物，倒是第一次遇上棉花。哪來這麼多的棉花呢？三步一蒼白，五步一蒼白，我都仔細繞開了，彷彿閃避地雷一般。可是從來沒有這樣溫柔無害的地雷。但凡是爆炸，不管死不死人，傷不傷人，它自己都是死傷慘重的。儘管也曾發出光與熱，可是立刻便要化為烏有了。

這些棉花攤平在小路上，溝渠上，花圃上，停車格上，鬆鬆鬈鬈的，隨風略微起伏，彷彿天生就長在那裡，自有它們的呼吸與歷史。其實棉花本來也就是植物。棉花承載旅行的宿命，專為飛翔而誕生，可是人類捉住了這些自由的翅膀，豢養於小我的日常，命它們綢繆與服務，比無足輕重更重一點。此刻這些棉花意外失效了，軟趴趴落在那裡，形同廢物，令人不知該如何是好。

這些棉花也許是哪戶人家晾在公寓頂樓或陽台的被胎，給颱風帶了下來，在各種建築物與障礙物之間婆婆娑娑，拉拉扯扯，終於綻出內裡的填充吧？可是這颱風已經颳了一天以上，有誰會在這時候曬棉被呢？如果是更早以前就曬起來的，聽聞氣象預報也該收好了。而且夏季剛過，日子又還不到凍手凍腳的冷，並非這等保暖寢具登場的時節。而且，一條棉被要承受怎樣強烈的外力，方能如此坦露密密縫起的絲絮，也實在令人難以想像。面對這個超現實的場景，我的唯一的推理是缺乏根據的。無論如何，這些棉花此前總該是某件織物的內容，安裝到近於隱私的程度。

望著這些散漫輕軟的棉花，我忽然覺得它們具有誠實的性質了。這些棉花如此公開而無防備，靜靜展示給整個世界瀏覽。即使空白也無所謂，百無聊賴也無所謂。即使無所謂也無所謂。無所謂總是困難的事情，讓人看穿自己的無所謂又更困難。在人生的長路上，誠實應當是一種懷舊。

一個老人拿了竹掃帚在那裡掃地，把零落四方的棉花兜攏起來，堆成小白山坡，很有花徑不曾緣客掃的意思了。可是那些棉花太多太厚了，似乎怎麼清也清不完。老人的竹掃帚在空中揮揮擺擺的，攪拌著，彷彿正在調製什麼化學物質，企圖稀釋卻稀釋不了，令人感到徒勞。棉花顯得十分頑固。倘若它們是雪，還有消融的可能。倘若它們是霧，還有流逝的可能。老人終於覺得不耐煩了，轉身收拾其餘垃圾與殘葉，輸給了柔弱的棉花的理直氣壯。

有時候我覺得我的腦子裡塞滿了棉花。有時候我希望它們都能一覽無遺，被相干的人，被不相干的人。每當我努力從自己裡面揪出這些棉花，我便感到自己變得更加寒微了，這才恍然明白，飄飄的棉花也有確切的重量。只可惜我已學會在腦子裡埋藏連串地雷，習於引燃短暫的光與熱，然後什麼也不剩下。

羽球練習

台北的公園，遲至晚間九點仍有許多健身的人。慢跑。單槓。遛狗。有時候我也和球伴去打羽球，在忍冬含苞的花叢旁。偎著書桌一整天，終於脫離亂麻似的字句與念頭後，我總是不禁懷念起某一種線性的單純。再也沒有羊腸迷宮，沒有蜿蜒的單行道，一切直來直往，有去有回。大約近於化學課本裡的可逆反應，在動態裡達成平衡。愛惜羽球，是對於繞路感到嫌惡了。

羽球出發，上升，至高，下降，羽球回歸。球拍與球拍之間來回拉扯一道長長拋物線。綷綵一聲，球落地了，我們喘口氣，喝點水，又開啟新的一回合。我們反覆地進行一種反覆的運動。

埋首論文的白晝，我感覺自己是一枚原子裡的中子，不帶電荷，隱於朝市，亦沒有一個查兌克前來將我揭穿。直到寫作後的羽球時間，身體緩緩現形，往東，往西，握著拍的手，趿著鞋的足，似乎再也不甘雌伏了。於是那就成為一種跳舞。狂歡。慶典。如同幽暗的派對房間裡，一群人快快樂樂，貼著歌曲搖擺自己，向左偏偏頭，向右偏偏頭，肩膀一扭一扭，高高低低。每個人穿著圓點密布的螢光緊身衣，眉目罩著蝙蝠形面具，嘴唇嘟成一顆紅櫻桃。整個房間飛旋著大大小小的羽球，舞蹈的人伸直了雙手，在空中掃來掃去，無數羽球翩翩然，都是尼龍製的小喇叭。

房間裡有台電視機播著連續劇《傾城之戀》。白流蘇自娘家回到夫家，才進庭院，那瑪麗珍高跟鞋忽焉踐著一顆羽球，原來是她丈夫唐一元正在與姨太太練習打球呢。流蘇淡淡道了歉。一元只當她是存心尋釁，但也沒奈何，轉頭向僕役道：「再去取一個！」姨太太提高了嗓子道：「一元，有人是故意要踩你的羽毛球。怎麼？你還要再取一個讓她踩呀？」流蘇諷刺道：「少姨太，一元要再娶一個，得老爺說了算。你說了沒有用的。」姨太太遂撒潑道：「一元，有人把我比作羽毛球，要踩來踩去的，你就這麼讓她比來比去呀？」

姨太太盛怒將球拍摜在地上，掉頭就走。電視畫面熄滅。

回過神來，公園裡有些兒童立在邊上諦視我們的羽賽，鬆鬆的比態犬安坐無聲。

那時我便忽然明白，這裡確實是個競技的現場，表演的劇場，儘管我們並沒有什麼技藝可言。可是既然打起了球，無論如何總得有點姿態。我與球伴沒有對話，只有一顆茸茸的白球，魚雁往返，心照不宣。周圍的觀眾投來夜色一般沉默的眼色。人生無處不是伯明頓莊園。

我常常感覺自己在學校裡與教授一起練習羽球。我發出一顆球，教授接住了，回擊給我。近乎餵球一般。我又將球擊回去。論文的寫作及其討論於是很有體育的意思了。寫至振奮處也有 writer's high。有時候，羽球來回數度，豐翼摧折，我惋惜地撿起它，追憶它曾予我的吉光片羽。有時候，羽球振翅高飛，幻化成一隻蜂鳥，一隻金探子，自有自的去向，終於消失了。揮出羽球，是我在此端發送一個信號，它穿越幾千幾億光年，抵達彼端，在對方看來或許業已太過陳舊了。接獲羽球，是接獲來自遠處的迴響。我的教授替我批改論文時，總是抱歉似的微笑道：「沒辦法，偏偏我是你的第一個讀者。」

然後，猛然一記殺球撲來，我救不了球，它咕咚落至忍冬的花叢裡。

輾轉的夜

過了某個年紀之後，我開始會為咖啡因而失眠了。從前午後喝茶喝咖啡都沒問題的，現在單是茶味稍濃的泰式奶茶，也可能是夜裡輾轉反側的因素。當然，只要在睡前留給咖啡因足夠的半衰期，也並不是不能攝取。或許人過了某個歲數之後，每日惺忪睜眼，心心念念的便無非代謝事宜，無論代謝的是咖啡因或快樂或焦慮或其他的什麼。

長期以來我的睡眠總是斷斷續續的，不能持久，而且無論何時就寢，最終一律在清晨六點前後醒來。那種時候，整個房間會浸滿粉紅粉金的光，溫潤迷糊，花茶也似，太陽便是漂浮在天邊的，小小的茶包。

這段日子我常常上咖啡店寫作，點的總是可可或抹茶拿鐵之類的飲料，餓的時候搭配一塊麵包。現在可可與抹茶拿鐵裡微薄的咖啡因也很令人躊躇了。偶爾看見一些藝文作者在社群媒體上貼出日常居家照片，廚房裡一隻一隻外帶咖啡紙杯沖洗乾淨，套成高聳的斜塔，塔塔相連，形同精神堡壘，我總是感到敬佩又不可思議，為了那樣充沛的咖啡因攝取量。他們不會失眠嗎。他們不會上癮嗎。酒精與尼古丁在意識或環境的朦朧中帶來靈感，咖啡因則完全是相反的物質，抖擻，清晰，理智，很有苦行的意思了。然而，咖啡因對於某些人而言是振作，對於某些人卻是振作之後久久不能偃息的疲憊。這樣的倦，生出恍惚，或許也與菸酒殊途同歸吧。

為了咖啡因而失眠的夜晚，那時間也和待在咖啡店的白晝一樣漫長。時鐘的指針走著量杯與磅秤的刻度，一分是一分，一秒是一秒，比食譜上的各種比例更要謹小慎微。在這樣的夜裡，守時成為了一件輕易的美德，可是我沒有什麼必須趕赴的約會或期限。即使真有，也缺乏實踐的氣力。

有時候我不禁疑惑一切瑣事的成分皆含有咖啡因。在輾轉的夜裡，我會把枕頭疊著枕頭，抱枕疊著抱枕，癱軟靠著這座小枕頭山，旁觀同床異夢的睡眠。長夜是一列晃蕩的火車，車廂與車廂之間忐忑勾著，悠悠忽忽，走走停停的，不知將要駛向何方。睡眠汲飽了咖啡因，從我的身體離開，成為火車上的乘客。而我只是負責查票的工作人員，逐一檢視睡眠是否業已對號入座，安於井然的小格子裡。可是睡眠上車下車，來去自如，散亂於每一節車廂中，用餐，喧譁，旋了座椅捉對打牌，興奮不已的模樣。我滿懷歉意，煩請它們出示車票，打了個小孔，匆匆經過它們的歡鬧與派對。我在夜裡與睡眠共處一室，睡眠不曾缺席或遲到，只是不屬於我，自顧自遊玩去了。

我蜷在被窩裡，耳朵靜不下來，想起課堂間同學們討論著各自的助眠藥物，他吃了什麼錠，她喝了什麼劑，痛苦的語氣中竟帶有一絲甜蜜親熱，親熱於那些藥物奏效以後的安寧。

我的耳朵靜不下來，像白晝在咖啡店裡寫作，為了躲避店裡討厭的輕音樂，只好戴起耳機並將音量調整至最大。然而，在歌手換氣的瞬息或歌曲與歌曲銜接的縫隙，在那些反覆輪迴而來的，密密點點的空缺裡，仍舊有惱人的輕音樂趁虛而入，無論如何杜絕不盡。終於耳機裡外的兩種，甚至數種，不相干的旋律彼此交纏在一起，混成一團。我聽見嘈嘈切切的聲響，找不到一顆小圓按鈕猛然關了它。就這樣找著找著，不知不覺，渾身已經躺進粉紅粉金的天光裡。

而夜的火車，載著睡眠，開得極慢極慢，漸漸消失在時間的海角。

輯四：檸檬

再見餐廳

我工作的泰式餐廳，在一棟小而無聊的百貨公司二樓。早上上班時，大門旁的漢堡店已經營業了，客人滿座，咖啡與麵包的香氣絲絲縷縷一路跟我上電扶梯，就這麼跟了兩年半。

盛夏陽光螫人，像榴槤殼的刺。終於有這麼一天，餐廳店面的租約到期了，同時小百貨也要轉型與重新裝潢，各樓層櫃位將有一番大搬風。餐廳組織高層並未打算續租，因此內場外場眾人走的走，留的留，留下來的也被發配至組織底下各間分店。各間分店有一樣食材與一樣標準作業流程烹炸出來一樣滋味的月亮蝦餅，眾人繁忙之餘低頭賞那月亮，在這組織建造的虛幻大同世界中，或許也很有千里共嬋娟的意思了。

餐廳長久熄燈之前，諸事運作如常。我在廚房看見師傅切苦瓜，疙疙瘩瘩的白玉瓜瓤對半倒下，其中藏著血紅溼黏的籽，如同臟器，師傅拿刀俐落一刮就刮進垃圾桶了。苦瓜沒有痛覺與吶喊。我第一次知道苦瓜也有紅心，珠瘤晶瑩的外貌一點也瞧不出它裡面這樣激烈。師傅表示，這就代表苦瓜已經熟透了。事物只要一紅，就有意在言外的深切，比生命更為活生生。我不禁想起陳奕迅的〈苦瓜〉：「今天先記得聽過人說這叫半生瓜，那意味著它的美年輕不會洞察嗎？」

最後一天上班正巧遇到試菜，師傅風風火火演練即將在父親節前登場的八道新菜，我們是第一批試吃者。在餐廳工作，日日有團圓飯可吃。眾人圍坐進餐，每道只吃一點點，可是有各式各樣的一點點，這是最美滿的事了。餐桌上免不了對於新菜議論紛紛，尤其組織高層選在客滿為患的佳節推出新菜（伴隨諸般必須學習的細節），委實要將員工都逼成熟能生巧的苦瓜。

餐廳運作如常，然而熄燈時分將至，眾人總有點瘋狂，再不解放來不及。晚餐時段，一個泰式奶茶膚色的服務生弟弟突發奇想非要借穿另個同事的娃娃鞋，黑色西裝褲管直筒筒，下接他光潔的腳背與包覆腳趾的黑鞋的圓頭，乍看很有混搭的尷尬了。他仍然不甘心，又向主管索取窄裙與絲襪，渾身換作女式制服扮相，在外場花枝招展前後巡邏，特意賣弄風騷。我與其他服務生看見了，掩嘴捧腹，笑得樂不可支。

那時恰好有一條新聞：熱浪來襲，英國某某中學的男孩們為了爭取校方開放短褲制服，遂聯合改穿裙子上課，作為抗議行動。當然，那裡或許融有蘇格蘭裙的文化背景，男孩們並不引以為恥，反倒樂於感受裙襬搖搖的微風。總之，奶茶弟弟的更衣與二元性別的破除，皆是可喜可愛的。

客人不曾留意奶茶弟弟的新裝，客人眼裡大約是鮮少納入服務生的。直到他去領台帶位時，跟在身後的客人不得不目睹圍裙底下的風光了，也只是面露詫異，難以置信。我們遂像惡作劇節目的觀眾，窺視主角面臨荒唐場合的不知所措。當然，純粹是以餘光微微一瞥，收桌設桌，表情仍舊不動聲色。

卡農金是米線，帕泰是河粉，冬蔭功是酸辣蝦湯，宋丹是涼拌青木瓜。日復一日恭迎來往的貴客，含笑介紹菜名的洋涇浜泰語，這樣的歲月，於我，終於也結束了。服務生的日常生活是蘊藏紅心的白玉苦瓜，承受組織與客人的雙面夾擊，漸漸剔除紅心，留下苦肉。肉是滋補的，心是足以開花結果的。

魚的姿態

「然後我們還要再追加一條魚。」

聽到這句話我向來非常快樂，快樂到年年有魚的程度，因為魚是主管耳提面命的重點推銷項目，有助迅速增進每桌的消費金額。遂趕緊道：「好的，想要點什麼樣的魚呢。菜單海鮮類這裡可以看一下。」

餐廳客人與服務生的日常對話之一。

在餐廳工作的時候，我總是暗暗觀察怎樣的來客組合可能點魚。十人以上的家族聚餐是最常點魚的集會，大概因為全魚素有富貴豐饒的意涵，形同瑞兆，中國式的客人習於錦上添花，闔家團圓怎能缺乏一條魚的綴飾。每每有哪個祖母眉花眼笑地哄勸金孫道：「乖，吃魚變聰明呵！讓爸爸給你挾一塊！」商業性質的餐敘則不一定，親熟同事間相約午飯未必要魚，倒是那些洽談生意的款待場合，做東道的大老闆或小業務動輒替客戶點一隻魚，我想這裡面很有點取悅的意思，藉那魚擴充排場，使對方感覺自己的位高權重。青春情侶多半不叫魚，也許因為一條魚的分量對兩人而言太多了，吃不完，也或許是因為魚的價碼較高。當然，魚刺戳戳扎扎的，有礙吃相，也不符合羅曼蒂克的氛圍。

某些客人點菜尤其注重搭配的均衡，有肉亦有菜，且肉類不能稍微重複——剛才那道也是牛肉是吧？不然不要了，把它換成豬。就換糖醋排骨吧——審慎調度至此，令人疑心他可是天秤座。方方面面都照顧到了，下箸之處羅列五顏六色，一張小圓桌就是一個卻克里王朝。在這樣的餐桌上，人似乎變作了配角，那些菜倒一一躍然碟盞，宛若海陸空三方霸主的齊聚。有四足行走的豬，有羽翼振振的雞，魚就是水族推派的代表。這是食物的圓桌會議。不知牠們交換了什麼條件，也不知是否簽訂了什麼合約，以便達成味蕾上的和諧。

魚是其中最殊異的存在，牠是少數能在餐桌上保持完整身形的菜，珍珠似的眼睛圓滾滾睜著，另有一番靈性。這些魚都是鱸魚。有時是七星鱸，有時是銀花鱸，有時則是金目鱸。我不知道為何這泰式餐廳裡的魚料理一律選用鱸魚，於是諮詢了師傅，師傅道：「養殖魚，產量穩，大小適中哪。」確實，那大小恰好宜於拿派頭，不肥不枯不短，每逢魚上桌，就是一齣華麗登場。君臨天下的姿態，瞬間搜刮了席間睽睽目光。

這一桌的魚，魚在瓷盤裡翹首豎尾，中間的身子消失了，化作一朵一朵炸魚塊，以鍋巴為基礎，金字式層層堆疊，頂端擱上幾枚檸檬葉。

那一桌的魚，魚在蒸盤裡伏著，背脊高聳，胸鰭如翅向兩側展開，翱翔也似。盤裡酸辣的檸檬湯汁沸了，咕嘟嘟冒泡，魚尾便上上下下擺動。

這一桌的魚，魚在赭紅濃稠的酸子醬裡側臥，酥尾成了薄紗，周身密布炸蒜片、紅蔥頭、乾辣椒，於落英繽紛之中淒美洋溢，如美人淋花雨。

那一桌的魚，魚被捏得曲曲的下鍋油炸，因此身子有騰跳的朝氣，凝固在那猛然蹦出水平線的甩尾。澆上紅咖哩椰奶醬料，馥郁的油星子哧啦啦飛濺。

在古典文學裡，鱸魚是鄉愁的象徵。詩詞間只消鑲嵌一枚「鱸」字，往往就囊括了思念家鄉菜、歸心似箭、辭官卸印、隱居淡泊名利之意——鱸魚成了個精妙的，芥子納須彌的符號——譬如「忽憶鱸魚鱠，扁舟往江東」之類，「秋來多見長安客，解愛鱸魚能幾人」之類。勉人離家闖蕩京畿則是「莫為蓴鱸美，天涯滯爾才」。別為了蓴羹鱸膾好菜，守在僻壤虛耗你的才華。我特別喜歡這兩句翻典。彼日詩歌裡的鱸魚和今時餐桌上的鱸魚，品種、分類或許並不一樣了，或許就連滋味也相去甚遠，然而這魚名卻是一脈相承地指涉了人心裡最脆弱念舊的一面。在餐廳工作的時候，立在一旁看那些人那些魚，那些宴飲，那些談笑，時間彷彿忽焉歇止了，回到許久許久以前，那個崇尚鱸魚情懷的年代。客人酒足飯飽了，不留戀，不停駐，各自回到各自的領域裡拚搏，繼續闖蕩深不可測的台北江湖。餐廳只是眾生短暫的故鄉。

只有魚留下來，留下來，印證那句古老的「年年有餘」。廚房流理台上，師傅從保麗龍箱子裡捉出生鮮魚貨，一尾一尾剔淨殘鱗，涮洗腹腔，外場一邊就送回客人食剩的魚饌。魚爐裡兩盞淡紫的火焰剛剛熄滅了，酒精膏半凝固，那屍骨未寒的魚身，待要被扔進廚餘回收桶。有那麼一剎那，新的魚同舊的魚打了個照面，四目交接，匆匆錯過彼此。兩者同樣都是早就死了的，並且通過死亡展現生命的意義，然而一邊是未來式，一邊是完成式。在那急促的邂逅裡，牠們是否也有喟嘆呢，對於餐廳裡諸般奢靡與浪擲。

然而有一回，我遇見一個婆婆，把一串魚骨拿在唇邊咂得乾乾淨淨，吹口琴似的，神情無限珍重。那口琴會奏出怎樣的旋律呢？也許不過是鱸魚的呢喃，牠們在繁華的餐桌上，一百年，一千年，低低訴說著那事不干己的吉祥如意。

辣的痛覺

辣是一種微妙的兩難。芥末的嗆在鼻腔裡，可樂的氣泡在咽喉裡，有人說它們是辣的，其實不是，只是近於辣的通暢與酥麻，並且尊重個人意志，要芥末的就蘸，要可樂的就開，不要的就不要。

辣卻不同。辣是辣在整道菜裡面，一桌子人共享等量且均勻的辣，無一倖免，十分公平。可是眾人對於辣的敏銳程度也十分參差，某人覺得還好，某人口中可能就要噴出滾滾火花。挑嘴是趨吉避凶的本能，因此客人點餐時，躊躇調配整桌菜色大辣中辣小辣不辣的比例，便是時常可見的內部折衝，往往要耗掉許多時間。適時給予建議是一個服務生的責任之一，無奈我是很能吃辣的，唯恐自己的意見起了誤導作用，最後也僅能搬出菜單上面註明的辣度以供參考：一顆辣椒兩顆辣椒三顆辣椒，三顆就是極限了——最陽春的史高維爾指標。

而且，辣，這感受何其深刻又何其縹緲，即使服務生諄諄闡釋哪道菜的辣來自辣椒粉，哪道菜的辣來自花椒油，哪道菜來自黑胡椒，哪道菜又來自是拉差，也還是太抽象，太晦澀難解。膽怯忌口的人索性統統不點了。具有冒險精神的人點來試試看，也許吃了之後，覺得別有洞天，也許吃了之後，恍惚進入南無的境界，辣得恭恭敬敬，服服貼貼，那也是一種遊歷。英諺有云：「布丁的證明，在品嘗中進行。」打拋牛的證明，綠咖哩雞的證明，冬蔭功湯的證明，辣椒的證明，一樣在品嘗中進行。

當然，折衷的辦法也有，那便是給客人送上一份泰式辣醬，任他隨心所欲添加。白瓷片口缽裡放了芫荽、魚露、檸檬汁、泰國辣椒末，客人拿根搗棒一邊聊天一邊研磨研磨研磨，排遣等待上菜的光陰，如同一種小巧的娛樂。其實也就是八分鐘而已。餐廳組織規定內場師傅接獲點餐後八分鐘內得為客人趕出第一道菜。就在這短暫的時間裡，片口缽裡辣椒素緩緩釋放釋放釋放，潛伏著，等待入口後在人的舌尖刺繡，倏忽繡出深紅淺紅的珊瑚，微血管一般枝枝蔓蔓。

某次有個戴墨鏡的客人來吃飯，表明自己正值割完雙眼皮第三日，碰不得辣，然而服務生挑出不辣的菜色左介紹右介紹天花亂墜，她倒又批評這些菜色不做辣的怎麼會好吃，百般刁難要求，令人不禁想道：「既然身體狀況如此，何苦非要吃泰國菜呢？」哪怕不吃辣，她自己就是個鳳辣子。多多少少，吃辣與割雙眼皮一樣是具有自虐性質的事，美滿的灼疼，喜悅的忍耐。不能吃辣而想吃辣是可同情的，不能吃辣而想吃辣而決定吃辣，那就是願打願挨了。無論如何人總該為自己的美負責。

通常，服務生替攜老扶幼的家庭推薦鳳梨蝦球或糖醋排骨，它們馥郁溫和，微帶嚼勁，對於不能吃辣的人是很好的替代選項。尤其我想對於兒童而言，軟與嫩，大約自出生以來早已嘗得不勝其煩了，簡直就是司空見慣的成人的敷衍。乖乖乖，小朋友吃這個。然而，脆彈，卻是口感上的第一道挑戰。一個習於咀嚥軟嫩之物的稚子，某日忽忽咬了一口脆彈的鳳梨蝦球，脆彈的糖醋排骨，那香甜本是在他意料之內的，然而他的齒頰感到一股新鮮的抵抗，需要費點力氣壓制它，噢，這是什麼呢，這是飲食不再作為欺哄糊弄的開端，是成長的里程碑。體驗了某一種攝取，於是進化了。像這樣的飲食方面的關卡，之後還要輪到辣，再之後還要輪到醉。懂得了辣的滋味與醉的意思，那意義又是兩樣，堪比性的啟蒙。

在經典港片《第六感奇緣之人魚傳說》中，美人魚為了拯救溺水的男老師，將體內有助潛水的珍珠餵給了他，導致自己無法重返大海。之後美人魚上岸，冒充學生，千方百計要取回這顆珍珠——與男主角再次接吻。在夜市熱炒攤子，美人魚聽取舅舅的指導，蓄意點了一盤辣椒炒海瓜子，假裝給辣得不得了，一邊搧涼一邊嘟嘴一邊將臉湊向男主角面前，要他給她滅滅火。不解風情的男主角只塞給她一杯冰可樂。這曖昧互動又希望落空的橋段，觀眾大概沒有不莞爾的。然而，正是在這場約會之後，美人魚對男主角的稱呼由「周老師」改為「阿志」，兩人算是彼此認定了。辣還真有一點湯燒火熱的蜜意。

有時候替客人點餐，在對坐的小方桌上，情侶中的一方輕輕問另一方：「你吃辣嗎？」那一方微笑點點頭，剎那間，兩人尚在試探的關係便清楚不過。戀愛已經發生，但還不到靈犀的地步，只有不瞭解而欲瞭解時才有這樣的細膩體貼，如同擔心一個孩子吃不了辣。其實這兩人即使不吃辣，彼此之間的氛圍也早已辣得晴天霹靂了，心尖取代舌尖閃過一道金電，生出微微的哆嗦，使人想起梁秉鈞的詩集《蔬菜的政治》裡，有一首〈冬蔭功湯〉：「最辣是他的熱吻／最辣是她的冷漠／最辣是他的裸體／最辣是她的整齊／最辣是他的眼睛／最辣是她的心情」。

辣是一種痛覺。愛是一種痛覺。

本文收錄於二〇一八年六月出版《二〇一七飲食文選》（二魚文化）

泰式旁觀者

這世界上有許多繁榮的餐廳組織，培養出了大量的專業的服務生。「專業」和「服務生」這兩個概念通常很難被聯想在一塊兒，服務生不過端端盤子，能有什麼專業呢，許多人嗤之以鼻。然而，單是面對這種嗤之以鼻，本身已經是專業與敬業的一部分。服務生是一門處理心情的職業。察言觀色是日常訓練，維持水杯的滿，餐桌的淨，菜色的熱，先客人之憂而憂。客人與服務生的關係並非單純的施與受而已，或者說，那施與受是雙向的，勢均力敵，彼此牽制。更優秀的服務生則能令獅豹之流馴服如綿羊白兔，以柔克剛，難為是很難為，可是這幽微的權力消長裡面也有節奏與趣味。

當然，這並不代表我認同某些近乎阿諛的奴僕式服務，乃至乖巧站在資方立場自我壓榨，一個人軟得可以摺疊起來。然而說起另一種風風火火骨格十足的服務，令客人又愛又怕，那也並非我所追從的張致，至少它在本地是很難奏效的。有時候我想，它至今不能成為普世典範的原因之一，或許恰恰在於那樣的氣焰其實與做小伏低一樣累人。儘管，說老實話吧，在極忙極忙客人呼喚此起彼落令人恨不得生出千手千眼的時刻，我也難免曾經暗暗期許客人體諒，暗暗惱怒怎麼大家這麼不懂事呢，然而每當這種念頭浮現，我便立刻警覺，這樣分身乏術的窘況指涉的其實是整個餐廳組織的病徵：利益掛帥，工資杯水車薪，徵才不易，排班又務求用最少的人做最多的事，而這一切並非客人之錯。客人也不是花錢來餐廳心疼服務生的。

消費並享有相應的回饋，這是天經地義，然而怎樣的要求是合理，怎樣的是不合理，箇中尺度卻相當微妙，因客人而異，也因服務生而異。一切都是排列組合問題。在我看來，真正的刁鑽必然伴隨了承擔損失的覺悟，反而晶光四射，至於那些不擇手段也要獲得滿足的，就都只是純粹的失態。譬如說呢，尖峰餐期謊稱訂位便自動入座的，聚會飲酒作樂後吐得滿地淋漓的，替嬰兒更換尿布換完直接留在餐桌上的，把整碟海鮮沙律吃得見底了才嗔花枝太韌非要換菜的，林林總總，未免敗壞了身為社會人的儀禮與節操，然而很多人似乎是不在意。

常常有人問我，在餐廳工作，可會遇到許多奧客。這是個絕好的話題，值得挖心挖肺傾訴一番，然而我多半不說什麼。奧客當然很多，分門別類成群而來，經驗老到的服務生甚至都能預測哪種人具有哪種偏好，但是他們只出現一個午餐，一個晚餐，再怎樣頻繁造訪（有時候還真是嫌貨才是買貨人），總不至於日日報到吧。真要說起來，朝夕相處的主管同事師傅的品質比客人重要多了。因此，對於那些猛然的詈語，跳針的挖苦，頤指氣使，需索無度，臉色或紅或不紅，在應對進退之餘，我總覺得都是很值得一看的事情。但凡是看，不拘是看電影，看馬戲，看奇景，看顯微鏡，多少總有令人驚嘆的細節。當然，說是「倒要瞧瞧這人還能秀下限秀到怎樣地步」未免太憤世嫉俗了，但是，把一切都當作一場秀，一場表演，那它無論再誇張再瘋狂，都可以只是效果。像這樣子，毫不猶豫毫不遮掩地坦露自己的情緒和慾望，大概也需要不少道行吧？

然而，在這些旁觀的時候，總是又有另一個我，站出來旁觀這個旁觀的我，因此我覺得自己很冷酷了。對於不能自愛的人事物，我沒有愛，也沒有恨，簡直連生氣都覺得白費力氣，可是點餐的時候仍舊得殷勤，上菜的時候仍舊得堆出微笑提醒：「打擾了哦，這邊再為您上一道菜。蝦醬空心菜。」

泰式餐廳的家常菜色，蝦醬空心菜，總使我想起幼時反覆閱讀的《封神演義》裡面，有這麼一段曲折。妲己設宴款待狐狸子孫喬裝而成的仙女，被紂王的叔父比干識破了，散席後尾隨眾狐狸回巢，放火除盡妖孽，又取其中毛皮完好者製成袍襖進貢。妲己自然惱怒，遂設計復仇，佯稱心疾，讓擅於方術的義妹（其實她是九尾雉雞精所扮）掐指一算，推出近畿僅有比干一人的七竅玲瓏心可以入藥。紂王於是下令比干剖心。

奇就奇在，比干交出心臟後倒也不死，疾疾策馬出宮，至半路遇一婦人叫賣空心菜。菜無心活得了，人無心活得了嗎，比干懷疑。那婦人笑道：「人若無心，即死。」比干這才摔馬嗚呼了。某些版本說那婦人正是妲己化身。

多年後我才恍然大悟，空心菜其實是忠臣的象徵吧。中通外直，胸無芥蒂。餐廳裡的服務生，日復一日運轉，恪遵職守，或許也變成一株一株空心菜了。旁觀的要訣乃是空心。沒有豆腐心沒有鐵石心沒有玻璃心，沒有歲寒心，也沒有火燒心。換言之，自己的脾氣是最不緊要的。如此一來，好的壞的就都不會往心裡去。我想這是一切以服務為本質的工作者終究都會練就的功夫。

當然，所謂的旁觀，也未必就是什麼眾醉獨醒的理智或清高，大多時候服務生只是不介入故事。在團團奔走之餘，服務生偶然停下步伐，喘口氣，看那些大包廂裡的謝師宴，小包廂裡的母親節，大圓桌上的慶生，小圓桌上的結婚紀念日，四方桌上的業務聯誼，兩人桌上的七夕，一張桌子就是一個人性的劇場。似乎沒有什麼重要人生場合不與吃喝相關，不以吃喝作為收梢。即使是最普通的日常覓食，這裡面也有一種平安的質地，至少飢餓是不必憂愁的。有時候我想，也許並不是客人來餐廳吃喝，而是客人被餐廳吃喝了，像那句歌詞：「吃最補的唐僧，吃最毒的爛人。」這並非一份合於理想的工作，可是我留戀遲遲不走，或許正是因為它讓人日日有新鮮景致可尋味，雖然不敢稱是見過什麼世面，到底是見過了。

冷清的餐廳

餐廳的生意有它的旺與淡，像海水有它的滿潮與乾潮。若以一日為週期，大抵在午餐與晚餐時間達到高峰；若以一週為週期，大抵在星期五六日達到高峰；若以一年為週期，大抵在尾牙季、陰曆新年、母親節、暑假達到高峰。高高低低，低低高高，高高低低高高。然而一切僅僅是大抵。

餐廳的生意偶爾也有意料之外的滿潮與乾潮：在預計要淡的日子，忽然旺了起來；在預計要旺的日子，卻始終淡著；又或者，在預計要淡的日子，生意比淡更淡。

至於，在預計要旺的日子，生意比旺更旺，這不能說在意料之外，因為人人早有心理準備，旺是餐廳存在的目的與意義，旺是理所當然。然而突如其來的淡，卻是教人手足無措的，最專業的服務生生出了千手千眼，沒法施展，只有立在桌子椅子之間等候客人造訪。守株待兔。餐廳的生意是許許多多兔子組成的海潮，湛藍的兔子，自由的兔子，蹦蹦跳跳，撲朔迷離，有時候來有時候不來。久而久之這樣無常的冷清也被納入心理準備的一環了。

人是作好心理準備的，但是餐廳不曾。在那些意料之內與之外的淡的日子，餐廳顯得十分寂寞了。空的方桌，長桌，小圓桌，大圓桌，空的餐盤與水杯，空的氛圍，宛若一輪完好無缺的滿月，發散強烈吸引力，企圖召喚一些來客的潮汐，填補座位與業績的縫隙。來吧來吧，來吧來吧，空蕩蕩的赤裸的滿月，簡直近乎誘惑。然而這樣的邀請有時反而是一種排拒——越是沒人要的東西就越是沒人要，越是沒人吃的餐廳就越是沒人吃。多可嘆的惡性循環。

餐廳的一切布置均是為了滿潮時分而設。譬如說呢，鏡子，餐廳裡面處處裝滿了鏡子，牆上，門上，柱子上，櫃子上，這些鏡子可以在高朋滿座的時候，讓空間擴大一點，讓服務生的餘光延長一點，於是他無論忙著什麼事，背對著什麼人，皆可立刻察覺角落那不耐煩的招手。然而在淡的日子，這些鏡子映照出的空曠也格外浩瀚，茫茫一望無際。這樣的空曠不是空無，不是子虛烏有，反倒擁擠壓迫得令人連旋身都困難。這是餐廳組織自己給自己設計的樊籠。

但我熱衷於旁觀這樣華麗的反高潮，興高采烈迎迓一場空，在鏡子羅列成的森林裡捉不到一隻兔子。那些關於進帳的尷尬交給上官大人苦惱去，眾服務生負責縮在一旁，在每一面鏡子上噴射清潔劑，鄭重地揩掉纖細的塵埃指紋污漬，微笑享受這份天寵也似的闌珊。客至客不至，反正時薪也沒有陰晴圓缺。

在廚房裡，眾師傅緩緩處理諸般瑣事，剔淨鱸魚的鱗，篩選尺寸適宜的薄荷葉，秤量熬煮一鍋黃咖哩所需的馬鈴薯塊，在下回滿潮時分降臨之前先綢繆起來了。以提防修築堤防。也許海潮很快又要旺起來，也許始終這麼淡著，可是在淡的日子先替旺的日子著想，儲蓄一點餘裕，將來的忙就不那麼忙，累也不那麼累了。在但求牟利的組織底下他們也只能如此自保。於是師傅們又繼續在樂扣盒裡斟入淺淺一層生飲水，斟過一盒又一盒，藏進冰箱，冷凍不多時，讓清水結出薄薄的正方形冰磚，當作涼拌生蝦擺盤的玻璃墊。少了緊急的割烹，他們手心捏住大把時間，琢磨各種鑲嵌、雕刻、裁剪、塑形、上色、裝飾技巧，簡易的菜繁複的菜，上桌綻得花團錦簇。

外場僅有幾桌客人零零星星用餐，雖然不夠，到底聊勝於無。兔子經常一古腦兒地來，又一古腦兒地不來，最理想的營業狀態該是接力似的一波一波輪流沓至，然而眾兔子被生理的時鐘與社會的時鐘制約很久了：這時應當飢餓，這時應當不飢餓；這時應當慶祝，這時應當不慶祝——因此導致了暴烈的漲潮與退潮，而這是令人為難的。所謂「人」，指的是服務生與師傅，組織本身一概欣然接受各種節奏與無節奏——那騰跳的起伏的錢潮。

在這比淡還要淡的日子裡，某桌客人吩咐開啟兩瓶洋酒，一壁用膳一壁談商，喝得臉頰微微粉紅，這穠纖合度的酩酊也許可略略補貼一點中午的業績。他們離席之後，留下兩枚酩悅香檳的軟木塞，蘑菇形狀的栓子，在小圓桌上滾過來滾過去。那軟木塞放在顯微鏡底下可以看見一格一格細胞壁，像密密痲痲的小房間，裡面貯藏了白葡萄發酵後的香氣，以及百無聊賴的，冷清的餐廳時光。

疲倦之為物

在餐廳服務的日子，我的工作有一部分是站吧台調配飲料與甜點，吧台的工作有一部分是切檸檬片。初初學習吧台事務之時，我的刀拿得不怎麼好，檸檬也切得不怎麼漂亮，根據標準作業流程的規範，每片檸檬厚度應當一律是零點五公分，可是我切出來的成果，有時候太厚，有時候太薄，有時候上厚下薄，有時候上薄下厚，總之很不像樣，白費了許多光陰與檸檬。檸檬若有三魂七魄，垂望自己的肉身給如此作踐，腹內想必要更加酸楚了。

因此那段時期，每晚下班我總是順道繞去打烊前的超級市場買一盒檸檬，六顆，並且在翌日早晨上班前，懷著非常虔誠的心情反覆練習裁切。「人一能之己百之」，我想，為此犧牲的檸檬或許會原諒我吧。可笑的是，「人一能之己百之」這格言，默念著默念著，不知為何總是成了「忍一忍汁擠百汁」，我自己也不禁噗嗤，趕緊把剩下的檸檬切切好，站在水槽前沖洗雙手的汁與籽。研究過許多方法，細細斟酌每回落刀的角度與速度，於是製造出無數檸檬片。我放了一些在冰箱，也擱了幾疊在浴室，依稀可以增添一縷清芬。

在浴室裡，我又洗了一次手，然後擦上防曬乳。沾上檸檬汁液的肌膚容易感光。我向來不諳妝飾，出門前唯一特別塗抹的只有防曬乳。我買許許多多牌子的防曬乳，逛藥妝店時最常做的事情便是駐足比較各家防曬乳的功能與評價。我喜歡的品種是質地清爽如礦泉水，不黏膩，不含粉底，不薰眼，均勻塗上臉蛋使我覺得戴了一張隱形的面具，藏妥真實的喜怒哀樂，於是可以安心上班了。踏入職場與踏入夏天都需要作戰的覺悟。

曾經有個朋友告訴我，他認為一場戀愛至少要經歷四季，關係中的兩人方能真正明瞭彼此的生活習性。冬天吃羊肉爐或紅豆湯呢，夏天吹冷氣或電風扇呢，諸如此類，只在特定節氣浮現的細節與規矩。我想，工作也是這樣的。若要徹底測知一份工作的酸鹼值，隨著時令與天候迸出的難題便是最佳的試紙。譬如說，颱風圓滾滾的日子，官方賜假了，組織高層依然決定營業，於是我們撐傘涉水趕至餐廳，迎接翩然光臨的訂位客人。我待在吧台裡，繁忙操作之際，偶然抬頭看見滿場酬酢宴會，眾生狼吞虎嚥宛若鬼物，直覺這是彼岸的景色。唔？我像檸檬一樣死了嗎？

死了比累著更為圓滿。疲倦如果有形狀，我想它應該是一只沙漏，箇中填充的不是細沙而是煉乳，淺黃的煉乳，一絲一絲漏下來，濃稠而緩慢，如同疲倦的人的思緒，密的，重的，即使流動也像不流動。也像我第一次獨立收拾吧台時，誤將殘餘的檸檬汁與椰奶一齊倒入水槽，酸與蛋白質發生了化學反應，這裡一塊白凝固，那裡一塊白凝固，軟彈滑膩，我清了許久才清完。這裡面有自作自受的徒勞，大意失荊州的懊惱，大約近似於疲倦的觸感。

某一次也是這樣冒著風雨上班。不記得是遇上父親節或中秋節了，橫豎對於這一行而言，整個暑假都是火熱的旺季。當日餐廳照例賺進了一筆豐饒的數目，順利在深夜閉店。「生意」二字在此成了極為幽默嘲諷的雙關，昌隆的生意，帶來服務生的了無生意。下了公車，我照例繞去超級市場打算添購檸檬，然而這天因為風災的緣故，檸檬並未進貨。冷藏架上空落落的。彷彿家庭作業取消了似的，我覺得非常高興。

雨停止了，整條街道依舊刷著大風，溫柔而有力，使人覺得不是自己在行走而是被風推著前進，因此輕鬆一點。一個比丘尼在紅綠燈下化緣，低首斂眉喃喃撥著念珠，一身木蘭色袈裟也給這風吹得飄飄亂顫，那袖與襬在空中飛得多高，彷彿要鋪天蓋地將整個人世包裹起來一般。她站得那麼直，那麼抵抗，像個頑固的不倒翁。我想道：「人要活到什麼地步才能如此安穩呢？」在這種心神與體能皆不敷使用的時刻，沒有太多餘裕思考虛無的問題，任何妙法或道具皆不管用，即使以放大鏡檢閱《綠野仙蹤》也未必能夠讀出字裡行間的暗示與解答。

那晚冰箱裡第一次缺乏新鮮的檸檬，像日常裡缺乏鬥志。或許是不宜再切了。啪答打開浴室電燈，我發現洗手台上一碟檸檬片，猛然長出厚厚的絨毛，發霉了。

青檸色早晨

輪到我負責開店事務的那些早晨，我喜歡比表定上班時間提早半小時抵達餐廳，因為擔心手腳不夠俐索，沒法在正式營業前完成吧台的準備。我換好制服，打了上班卡，深深一呼吸，感覺到空無一人的餐廳的空氣的清新。經過玻璃落地窗前，可以望見高樓大廈之間歪斜而尖銳的藍天，天空中一枚冰塊似的月亮，薄得幾乎就要融化了。窗戶的這一邊，是尚未設的桌，尚未排的椅，餐廳最初的光陰。九點半。

開吧台是一種有益健康的體操，重點在於掌握其中的韻律感。在煮泰式奶茶的熱水燒沸之前，要轉身秤量青蛙牌紅茶葉。在泡綠茶時設定的計時器鳴叫之後，要伸手將茶包架空瀝乾。在等洗碗機暖機之際，要彎腰打些冰塊，踮腳取個網杓，蹲下尋找插座又起立。讓生飲水沖洗量桶裡的檸檬，讓果汁機攪拌熱水與紅糖，讓滾奶茶的大鍋嫋嫋逸出輕煙，讓開罐器的利齒解剖罐頭，一聽又一聽。廚房送來蒸得熟透的綠豆沙與黑糯米，還得趕緊為它們安排一池冰鎮的冷泉。如此如此，這般這般，團團團團轉。

開吧台時我喜歡播些音樂，粵語歌一首接著一首。陳奕迅在餐廳的擴音器裡激昂唱道：「每次殺不死你、殺不死你、也醫好你，情願從山埃找到了色香味。吸收心痛，接受別離，磨練出胸肌、腹肌、心肌，要治本必須重口味。」我的身體的運動也像是被音樂給支配著，而並不是出於自己的意志。我在只有我的吧台裡興高采烈忙於隱祕的體操，忙得近於跳舞，心臟跟著一拍一拍。習於餐廳工作的真諦就是：將自己託付給一個外來的節奏。很有隨波逐流的意思了。

吧台的甜點食材區分門別類，一槽一槽裝著玲瓏果物，來自冰箱與罐頭，每一樣東西有它嚴格的賞味期限，超過期限就算不新鮮了。餐廳組織的時令是一聲令下的興革，幾月幾號開始賣芒果冰，幾月幾號開始賣海鮮鍋，日曆一翻，總有些日子是關卡似的立在那裡，收放季節與時尚。一張日曆是一道任意門，組織高層決定好門後的景色，服務生輕巧揭了門，忽然就置身迥異的天地。

開店事務大抵妥當之後，便要進行食材的試吃，確認紅毛丹、亞達枳、菠蘿蜜、西米露、綠豆沙、黑糯米、芋頭丁、紅寶石、芋珍珠、椰奶、椰果、鳳梨圈……諸般氣息與口感。十一點餐廳正式營業，陳奕迅遂不宜再歌唱了。趁著空檔，師傅與服務生在餐廳深處的大包廂用早餐，一壁果腹一壁閒聊，可是我通常不加入，因為將這些太過甜美的，富於糖水的配料嘗過一輪，其實已無餓的感覺了。

客人漸漸湧現。盛夏的客人總像是從很遠很遠的地方趕來，紅頭漲臉汗涔涔，唇上胭脂也有欲滴的柔潤。

有段時期餐廳組織推出檸檬冰沙，作為烘托夏日氛圍的新品。高腳杯底鋪墊一層紅寶石，淺綠的檸檬冰山裡飾以一星一星檸檬皮碎屑，紅綠斑斕，對於忌諱椰奶甜點的客人是絕佳的消暑選項。於是那段日子我最厭煩的事情，就是早晨開吧台時必須手工製造大量檸檬皮的碎屑。

伶仃立在吧台裡，一手抓住了檸檬，另一手拿隻小刨刀一道一道削下檸檬的表皮，無數綠絲絲縧斷斷連連。從北極削到南極，從東方削到西方，檸檬渾身一痕一痕的經線，緯線，終於成為一顆赤裸的地球。捲曲的檸檬皮散亂於白砧板上，得拿水果刀將它們剁得細細密密，再收納至保鮮盒裡。削檸檬皮絲毫無法急速，等於吧台體操裡的慢動作，然而早晨開店分秒必爭，新添的削皮事宜硬生生占去了大半時間，教人真欲除之而後快。這是一件兼具加工與還原性質的勞作，然而我日復一日將檸檬的表皮由面分解為線，由線分解為點，並不感覺其中有何神聖之處，無非清單上一筆待辦事項，減免不掉。

於是也就只能耐住性子進行它，完成它。指尖那青檸色地球徐徐旋轉，體操一般，轉過了餐廳的日日夜夜。我感到自己在體操裡忘卻了身體，在重複的舉止裡生產出一種靜謐恭謹的心意，或許很接近修行了。

無數個早晨，陳奕迅在餐廳的擴音器裡一首唱過一首，也會低低唱道：「好風景多的是，夕陽平常事，然而每天眼見的，永遠不相似。」聽著這首歌，我總是以為窗外已經昏黃了，可是餐廳的一天，這才正要開始。

神吧台

餐廳的每一日，服務生各司其職，一人有一人的崗位。

有一些站外場的服務生，負責為客人帶位、斟水、配菜、點餐、收桌、結帳，含笑在桌與桌之間巡邏。

有一個站菜口的服務生，有一些跑菜的服務生。站菜口的服務生，負責守在廚房檢查與發送菜色，對內他要向師傅傳達客人的特殊要求，對外他要向主管回報烹飪情況，對下他要調度跑菜的服務生，妥善送出各種魚爐、煲鍋、湯盅、鐵板。

有一個站吧台的服務生，負責製作各式冷熱飲品與甜點。

異地的泰式餐廳是移植而來的熱帶，為了維持長久的盛夏，吧台的工作成了一種召喚，如同魔法，巧手一揮，變出五光十色的冰甜。玻璃小碗裡，挖一球綠豆沙，挖一球西米露，擱上紅毛丹、亞達枳、菠蘿蜜，淋上椰奶，刨上冰沙，雪峰淋上七葉蘭糖水，點綴些許紅寶石與芋珍珠，轉瞬，一碗繽紛的摩摩喳喳完成了。零零星星小配件，綿的滑的脆的韌的嫩的，濃郁的，清爽的，芬芳的，這便是餐廳再現的南洋風情。

當然，這些都不是魔法，而是謹記腦中的諸般比例與步驟。水果幾顆，刨冰幾克，站吧台的服務生，日日練習在最小的誤差中接近最精確的滋味，在實踐中，令觀念化為經驗。經驗之為物，便是在量具與儀器的輔佐之外，一種朦朧微妙的判斷。根據標準作業流程，一碗摩摩喳喳得刨一百五十克冰沙，那麼，刨冰機的速度多快呢，手心小碗裡的冰沙多重了呢，幾秒後要切掉機器開關呢，連續刨幾碗冰冰還不會融化呢，這些都只有交出時間去觀察，去領略。這些是肉體的記憶，一旦安裝上身便難以忘卻，然而它難以言傳，因此吧台的學習注定是孤獨的。

吧台工作的迷人之處在於，此處洋溢色彩、氣味、口味、溫度、聲音，永遠有機會動用官能與審美。特別是聲音。色彩、氣味、口味、溫度總是為客人而準備的，只有聲音屬於吧台。撬開罐頭的鏗鏘，裁切檸檬片的哆哆哆，冰塊在不鏽鋼雪克杯裡碰撞的叮叮噹噹，冰鏟挖掘冰塊的娑娑娑，刨冰機的轟隆轟隆轟隆，緩緩秤量茶葉時的窸窸窣窣，斟奶茶時低低的嘟嚕嘟嚕，微波爐倒數的嗶嗶嗶，水龍頭的淅瀝淅瀝，不絕於耳。喧鬧，參差，抑揚頓挫，這些是物料與設備的聲音，時間流逝的聲音，組成了名為「忙碌」的韻律。

冰鎮泰式奶茶之際，一鍋熱奶茶立在冰桶正中央，周圍填充滿滿的冰塊與冷水，時間過去了，某幾枚冰塊漸漸融化，於是那原本彼此緊緊嵌合的，樂高積木似的冰塊結構猛然鬆動，發出喀朗朗喀朗朗的聲響，然後冰塊與冰塊又各自找到新的位置，形成另一種新的結構，等待下一次消解與微調。我最喜歡聽冰塊逕自排列組合時發出的聲音，清脆輕盈，宛若水晶與玻璃，令人心頭一陣微涼。這時通常是開店之初，客人尚未湧入，宜於祈禱一日的順遂。

吧台是泰式餐廳裡的小島。它不像外場有外場服務生彼此照應，它不像菜口有跑菜服務生聽候差遣，站吧台是一個人的旅行與修行。畢竟，吧台空間那樣狹窄，僅容旋馬都談不上，兩人並肩操作反而絆手絆腳，裨益小於添亂。倘若當真到了不得不請求他人支援的境地，其實那也早已營救不了了，客人怨怒在所難免，多個誰進吧台不過是聊勝於無，責任到底難以分擔。

逢年過節站吧台時，我總感到自己確實就是「behind bars」，吧台即囹圄。客人滿座，吧台出完一輪飯前飲料，正欲喘口氣，客人已經飽餐，紛紛索取甜點。於是吧台又繼續出完一輪飯後甜點，正欲喘口氣，驀然回神，四處已經堆滿無數杯盞器皿，環肥燕瘦等待涮洗、擦拭、歸位，同時打烊的盤點與灑掃也該開始進行了，這可真是分身乏術。某次餐廳接下一組大宴席，飯後一次得上一百三十二碗摩摩喳喳，此外另有許多現場散客的點單。長時間裡如此埋首重複相同配方百餘回，人便產生機械化的錯覺，種種操作近乎反射，彷彿自己成了製造甜點的機器。

於是下班之後，我就有一種故障的心情。或許因為是夏天的緣故，任何事物都容易走火，毀壞。餐廳的熱帶，是服務生燃燒心志與體能，所生出的溫度。

餐廳組織每個月底都舉辦服務生的升等測驗，通過考官的核可便能獲得加薪與臂章。在這裡，授銜作為一種懷柔，服務生也有階級之分。應試那日，切檸檬片的刀工亦是檢視內容之一，我特別拜託師傅替我砥礪了吧台的水果刀，攜了那刀跟隨店裡主管與訓練員前往舉辦考試的分店，以免那店的刀子不伏手，枉費了素日的演練。水果刀密密層層包好，收在提袋裡，搭捷運時我始終擔心他人識破這行李，誤會我是危險人士，一路胸懷惴惴。吧台的日常工作也就是這樣，站吧台的服務生帶著無以分享的妙法與巧勁，謹小慎微，努力趨近某一種出神入化的境界，也許能夠抵達，也許不能夠，總之已經在路上了。

初初學習吧台事務時，老服務生們總是微笑說一句：「祝你早日成為神吧台。」日後當我親身體會這話的意義，忽然感到了憂傷。而這份憂傷的發生，或許並不是因為我終於成神了，恰恰是因為我還不夠神，不夠強不夠俐落不夠快，不夠駕輕就熟，不夠近於一部吧台機器，因此還會覺得疲倦，我這麼希望。然而，成神似乎是眾服務生一致的願望，因此當我看見仍有無數新人前赴後繼自願登上吧台宛若舞台時，還是在心底默默願時間助他一臂之力。

儘管我很知道，離開了組織提供的比例與步驟，自己也就是個什麼都不會的人。又或者，單單習得這些比例與步驟，就能算是善於吧台了嗎，我始終置疑。這是泰式餐廳的泰勒化。然而，每當我看見客人為了一碗璀璨晶瑩的摩摩喳喳笑逐顏開，總會忽忽覺得身為組織裡的零零星星小配件，似乎也沒什麼不對。

翻桌記

元宵節餐廳打烊後，我們的領班先生講究地，慢條斯理地在電磁爐上煮一鍋湯圓，外場經理在結帳台前一邊整理信用卡簽單一邊笑道：「唉唷隨便滾滾就好了啦。」然而領班先生還是講究地，慢條斯理地烹調著。服務生們往甜湯裡隨心加入營業剩餘的罐頭水果，於是甜湯變得更甜，吃起來像要醃漬自己的舌頭——糖漬巧舌，餐廳組織推出的最重要的菜色。在餐廳工作兩年後我開始學習領台事務，演練諸多接待客人與促進翻桌的訣竅，嘴巴或許也變得更討喜了點。

領台就是餐廳入口那座可移動的櫃台，有點像個講桌，桌面放著餐廳名片、座位配置圖、訂位表、電話子機，當然，還有一隻小鬧鐘，儘管它永遠是安靜的。站領台的服務生也在心裡放了一隻小鬧鐘，謹慎計量每次送往迎來的時差，分秒不可蹉跎——響的總是這裡的鈴聲。翻桌翻桌，翻了又翻，在尖峰餐期，桌與桌的運用務必調配得嚴絲合縫，因為客人的久候經常等於業績的損失。所謂的「桌與桌」呢，指的既是同一空間的不同桌子，更是不同時刻的同張桌子。在時間的軸線上，不同時刻的桌子也就是不同的桌子，各有各的客，各有各的菜，十二點商人洽公，一點半朋友聚餐，五點整闔家祝壽，七點半情侶約會，直到酒闌人散，又換一批新潔的餐具。

站領台的服務生是餐廳當日的門面，客人踏進餐廳前接獲的第一份善意，他得招呼客人、安排座位、登記候位、致電通知候位客人報到，他的工作說白了，就是確保「訂位客與現場客均能適時且愉快地入座與離席」這個句子穩穩維持於進行式。其中，適時是一回事，愉快又是一回事，並且更為重要，因此站領台的服務生首先必須熟記各式禮節與話術，口吐蓮花，隨時以甜言蜜語將客人哄得軟軟的，令他們感到賓至如歸的溫馨。

我站在領台裡邊，在訂位表與座位配置圖上圈寫塗改，記錄某桌客人吃到幾點，幾點後還有幾輪訂位，某區幾點後開始灑掃不再帶位，某桌訂位取消可帶現場客，現場客攜了兩個小朋友，還得趕緊透過耳麥提醒服務生備妥兒童椅和兒童餐具。現在服務生們忙得過來嗎？現在師傅們忙得過來嗎？應該繼續帶位還是煩請客人等一等？又該怎麼告訴客人還得等一等？我常常為了應接不暇的盛況而焦慮，然而客潮淤滯甚至停止時我又為了業績低落而發愁。這種愁緒是恐怖的，因為我發現自己逐漸站進餐廳組織的立場，心心念念於翻桌率。

從領台開始，整間餐廳都為了翻桌而忙碌。翻桌率這東西，其實也就是餐廳各個運作環節的效率的總和。翻桌翻桌，那翻是外場設桌翻開台布的翻，那翻是廚房大鍋翻炒菜餚的翻，那翻是吧台雪克杯翻搖飲料的翻，那翻是結帳台翻數鈔票的翻，那翻是熱烈的翻，那翻是伶俐的翻，翻出了白巾後的花，翻出了黑帽裡的兔，餐廳因而處於自強不息的狀態，到處都是標準化與標準化，近乎一座食物的工廠。然而，在標準化與標準化之間，餐廳組織又企圖以人情味填補空隙，以便掩蓋這股龐然的機械感。弔詭的是，當「人情味」也有它的標準作業流程，其中的人還在嗎？情還在嗎？味還在嗎？

身為站領台的服務生，我心裡同時記掛翻桌率與人情味，遂感到諸般矛盾。為了達成完美無缺的翻桌率，餐廳組織要求服務生行事熟極而流直逼機器人，然而一旦服務生全都成了機器人，那麼餐廳組織對外標榜的人情味也將蕩然無存。然而，人類到底不是機器人，因此服務生總是在人類與機器人之間擺盪，既要凡事力求機器人的精準，又要在興興轟轟之後面對人類的疲倦。

桌盡其用的關鍵在於人盡其才。餐廳組織為此常年招攬神祕訪客，邀請忠實客人一邊用餐一邊暗中評鑑各分店的表現。每個月初，組織總部寄來神祕訪客的意見，一式一樣的半結構化問卷上，從電話禮儀到桌邊服務五十餘個細項可供審核。神祕訪客也會在自由作答的欄位寫道：「某某服務生笑容可掬。」「某某服務生端上果汁時貼心詢問是否需要再一枝吸管。」「某某服務生加水不夠主動。」「某某服務生收桌口氣不佳，有待改進。」每個月服務生戰戰兢兢等待這份匿名問卷的點名褒貶，各分店的主管自有因地制宜的賞罰。餐廳組織追求翻桌的同時，也要避免客人「翻桌」——這詞在此可以籠統地代表一切怨怒。

神祕訪客今天會來嗎？神祕訪客是誰？是那對推著嬰兒車的中年夫妻？是那位經常獨自光顧的老先生？還是那群看似正在慶祝生日的少男少女？「神祕」的意思正是誰也瞧不出來，猜也沒用，服務生不可能針對特定對象獻殷勤，唯一解方就是遵照餐廳組織規定的標準作業流程，按部就班完成服務，動作該快時就快，腳步該慢時就慢，嘴角該微笑時微笑，眼神該交流時交流。

這就是外場，恆常曝露於不知凝睇何處的火眼金睛中，隨時都得謹言慎行，正如傅柯討論的圓形監獄。神祕訪客制度的設計聰明在於，它不由餐廳組織高層負責偵察，它開放客人報名參與，陌生的他人向來最是嚴苛，因為沒有情感包袱——所謂的客觀。這種不可見亦不可防的監視是一種持續的規訓，令服務生始終保有危機意識，自動自發，而餐廳組織創造的標準作業流程就在消弭被監視的壓迫感之際，隱然實現了紀律。於是我明確體會了制度的重量。在電影《刺激 1995》裡，資深囚徒瑞德如此形容監獄：「你先是恨它，再來習慣它，最後你不能沒有它，這就叫制度化。」

翻桌翻桌，服務生翻的其實是一頁一頁的腳本，其中指令重重，諸事設定圓滿。我站在領台，在冷清的氛圍中熱情款待，在熱鬧的餐期裡冷靜心神，直到打烊時分師傅們紛紛從廚房出來向我嚷道：「沒事接那麼多客人！」「終於下班了！好累！」「整個晚上忙死了！」我只是抱歉地笑笑，因為我也一樣不願意。然而，願意與不願意是一副筷子，出雙入對，有時我亦難以辨明自己的意向。

消夜消夜

那時我們經常一起去吃消夜。下班之後，內場師傅與外場服務生，三五成群，前往一些開得更晚的小攤或小館。不同的餐廳是不同的時區，這間店收了，那間店才正要開，像是專門開給收了店的餐廳人吃飯。

消夜時間，是放下恩怨的時間。上班時的種種火氣，大小差遲，在觥籌交錯之中化為烏有。餐廳的事在餐廳解決。內場師傅自有他們的稱兄道弟，外場的服務生們，若非跟著進入那套情義邏輯之中，就只有格格不入的分。

所以參與這些消夜場子，對我而言就像一種應酬，或者應酬的觀摩。雖然不至於就要充當什麼傳杯遞盞的交際花，可是我十分清楚，適時成為座上的點綴，說些天真妙語，是一個服務生此時所能奉獻的最大才華。也談不上什麼折衝樽俎，化身內場外場的親善大使，當然或許也有一點這樣的性質，總之大家都拿出誠意來邀約了，你好歹給點面子。那也就是給你自己面子。

有時我們去吃港式飲茶。聽來十分豪華，圖的也不過是近便，就在我們餐廳幾步以外，且又是特別要做消夜生意的。這樣不去捧場怎行。

七八個人圍住一張大圓桌，稀稀落落的，坐不滿。焗烤白菜，腐皮蝦捲，魚子燒賣，葡式蛋塔，一碟一碟次第送上，勾成五彩繽紛的連環。眾人的話題無非就是一些餐廳瑣事，今天做菜時怎樣，服務客人時怎樣，其實也沒有什麼特別可說的，沒話找話。全都聊完了就開始褒貶吃消夜的館子，這裡師傅做的菜怎樣，服務生服務的態度怎樣。偶爾上菜太慢，大家低低揶揄道：「唉唷換他們搓草了啦。」我聽了也笑。

（初入餐廳時，碰到許多我所不明白的俚語。例如「搓草」，發音近似「奢操」，是台語，意思是忙不過來，來不及了。後來去查了下，才知字面寫作「搓草」，有個莫名的典故。又例如「八六」，早上開店時師傅會通知，今天鱸魚八六哦，青木瓜八六哦，意思是鱸魚和青木瓜現在斷貨，沒得賣。我以為「八六」是「掰掰囉」的縮略，又查了下，似乎是來自美式英語的用法。反正跟著說就對了。林林總總的行話。說久了這些詞藻便無庸置疑，說久了我便成為圈子裡的人。）

然而現在我們是客人。客人的專業就是對於餐廳諸事諸物指指點點，口中同時咀嚼食物與評論。換了位子就換了腦袋，我們可真是殘酷。

身為餐廳組織底下的人，不殘酷是不行的。這裡的人來來去去，今朝見面的人，明後未必又遇得到。可能沒排班。可能調職。可能就是離職了。可嘆自己就是做吃的，眾生要吃飯的時候，哪裡輪得到自己吃飯，只有等到整個世界都填飽肚子了，才能向星斗黯淡的街坊去尋覓些許溫暖，短暫團圓。其實也不用說得這麼賺人熱淚。吃不吃消夜，有時不過是一個餐廳人資歷深淺的指標。起初只是誤餐的彌補，再來是疲勞的犒賞，再後來就是習以為常了，日復一日，成為蕭條生活的餘興。

某次我與眾師傅驅車前往三重一間極具熱炒氛圍的壽司店吃消夜。生冷的魚，炙燒的牛，餐桌上轉盤轉得像博弈的輪盤。轉轉轉，蟹卵軍艦指向他。轉轉轉，花枝刺身指向她。轉轉轉，海膽干貝蓋飯指向他。轉轉轉，機會命運，轉轉轉。某個師傅從前是學日本料理的，向鄰座另一年輕師傅分析魚肝的氣味和生蝦的色澤。某個師傅拒絕芥末。我挨在一旁靜靜喝完杯裡的蘋果西打，感到一種暈。

那種暈是一種快樂，或者預見快樂之後的虛空，我也說不清楚。做著搓草的工作，過著搓草的人生，也只有此刻能夠坐下來，慢條斯理吃一頓飯。

需要消夜的人總是困難的。有時候消夜是一些菜，有時候消夜是一場撞球保齡球，有時是夜景，有時是包廂裡的歌，有時候，某人的消夜就是另一個人。兩人在寂寞的床池裡泅泳，有點較勁的意味，這裡快一點，那裡慢一點，濺出幾蕊水花，偶爾換口氣。肺活量不大，喘極了。然後又埋首潛入深夜裡。消夜消夜，消磨長夜。夏天去尋夜市裡的羹，冬季去訪鬧區中的鍋，如此殷勤探勘，享受聚會，試圖消磨的又何止是一夜。

那晚我們左顧右盼等著一道壓軸的毛毛蟲壽司，據稱華麗繁盛，只是遲遲不來。幾次去催去詢，總說已在趕製了。看看這高朋滿座生意旺得，圍坐一桌的內行人，低低揶揄道：「唉唷換他們搓草了啦。」最後眾人不耐，派我上前取消。

這樣的消夜通常午夜前就該散席了，明日餐廳可還有一場硬仗。

本文收錄於二〇一七年三月出版《二〇一六飲食文選》（二魚文化）

水火戰場

空班時間就要結束，我們的領班小姐拿來幾個絲襪牌子的傳單，笑問大家可要團購，團購價格折得多一點。有人認真考慮起適合的丹數了。有人匆匆瞥一眼，只顧繼續梳頭。有人說這沒有預防靜脈曲張的功效，她才不買。有人對鏡把櫻桃小口塗得紅紅的，抿了抿，又揩去唇角多餘的潤澤。服務生們在制服左襟別妥名牌，接好耳麥，繫緊圍裙，從休息室出來打了上班卡，帶笑往各自奉命照顧的區域站去。泰式餐廳的晚餐時段即將開始了。

大學最後一年我決定報考空服員，可是連續應徵幾間公司都落榜。後來飛行的興致不那麼高昂了，倒是起初為了預先體驗服務業而進入的餐廳組織，就這麼成為我在課餘時間的棲身之處。

初入餐廳，當的總是跑菜服務生，專門將菜餚從菜口送至客人桌上。左手高高撐住大圓托盤，上面擺滿三道菜，右手再端一道菜，平衡感不能不好。外場餐桌一張一張開得花團錦簇，黃咖哩雞在砂鍋裡濃濃滾著，檸檬湯汁在魚爐上咕嚕咕嚕沸了，緩緩滲透鱸魚的肉身。服務生揭開鐵板牛柳的銅帽，立穩蛤蜊紙鍋的木架，熱油熱煙竄得滿座生香。客人拌勻河粉的花生粉與辣椒粉，剝下紅蝦殼，挾起青木瓜，叉著月亮蝦餅蘸點兒梅子醬。她哄她的稚子吃塊糖醋排骨，他餵他的老母喝口冬蔭功湯，湯太燙了，還得仔細吹吹涼。

客人鼓腹離去，徒留雙耳錫飯鍋裡幾粒茉莉香米，桌畔一座微涼貝塚，諸般五顏六色的渣滓。在桌與桌間穿梭以後，跑菜服務生順手將狼藉碗盞放進空托盤帶回菜口，俟接獲新鮮菜餚，又至外場巡迴一輪。

在外場與內場交界的空間，師傅透過一扇小窗遞來冷盤熱膳，這裡就是菜口。菜口設有一位控菜服務生，謹慎擔任內外溝通的媒介，並且檢查每道菜餚的色澤、氣味、分量、有無異物，確認無誤方交給跑菜服務生。菜口是師傅出菜的第一道審核關卡。站在菜口，控菜服務生可以看見廚房一切割烹事宜，對於每道菜餚的進度均瞭然於胸。

有條不紊的控菜服務生是整間餐廳運作流暢的關鍵。她要諦聽耳麥裡外場回報再知會內場：「某桌四季豆改空心菜！某桌公仔麵不放薄荷！某桌催椒麻雞！」她要嚴格檢視：月亮蝦餅每片厚度相仿；打拋牛尚未出水；烤豬頸肉毫無焦黑；蝦醬雞翅已經撒上裝飾的檸檬葉絲。她要預先叮囑外場：「某桌上蝦煲！某桌上魚！某桌上最後一道湯！」外場服務生便會趕在跑菜服務生抵達前，在客人桌上騰出擺放煲鍋、魚爐、湯盅的空間。尖峰餐期，師傅們同時趕出八道九道十道菜餚，倘若不能馬上送出，菜口可就要亂得滿目瘡痍——我們稱作「炸菜」。因此，控菜服務生還要妥善調度菜口幾位跑菜服務生，誰走東邊誰走西邊，腳程快的令他去遠一點的桌，身形細的令他去大一點的桌，以便鑽進客人比肩的罅隙，輕巧放一道沙嗲。

留守菜口的控菜服務生隸屬外場，卻最靠近內場，於是時時面臨夾心的兩難。再是資深的服務生，站菜口時也不免兢兢業業的，因為整個餐期出菜流暢與否，常得仰賴師傅操控的節奏。至於師傅如何操控節奏張弛，又得仰賴他們對於控菜服務生的喜惡。因此，控菜服務生無不致力維持與內場的情誼，有人接受師傅的玩笑調弄，有人勤找師傅聊天扯淡，有人常與師傅去吃消夜唱歌打保齡球，有人沒事就幫著揀薄荷揀九層塔，最直接的外交就是戀愛。當然，我這意思並非有誰真把愛情當成陰謀或手段，只是呢，有關係就沒關係，這向來是許多職場的潛規則。

然而，餐廳最大的規則到底還是組織訂定的制度本身。餐廳的內場與外場看似截然二分，其實兩者均是龐然組織裡的當局者。內場與外場應該設法戒備的不是節慶不是客人更不是彼此，而是整個餐廳組織的制度。應該是要這樣才對的。

初入餐廳時，我常常被派去別間分店支援。在這制度嚴明的餐廳組織裡，各間分店的服務生均受過整齊訓練，每逢誰家人力短缺，彼此調遣員工是慣有的事情。陰曆新年我在火車站裡的分店跑菜，送出熟悉的菜色，說出熟悉的介紹，根據同樣一套標準作業流程。轉運節點的分店本就生意興旺，春節更是忙得不可開交。我在菜口與其他跑菜服務生合作擦拭師傅洗好的大餐盤，小餐盤，甜點底盤，湯盅底盤，冰甜點碗，熱甜點碗，湯碗。陶瓷白似霜雪，可是泰式餐廳永遠是熱帶。

我不小心打破一隻湯碗，主導菜口事務的控菜服務生立刻趕來關切，協助我將碎屑清掃乾淨，又以桌墊紙密密包好，避免倒垃圾時割手。我感到十分抱歉。那控菜服務生安慰道：「沒關係沒關係，反正還有很多一樣的。」這句話使我受到很大的震動。反正還有很多一樣的。我忽然明白，標準化的服務生其實也就是一隻小碗而已，沒有花色與尺寸的差異，便於在分店之間借貸無礙。偶然摔碎了，補上新的就好。總是有源源不絕的新碗可供替換的。

那天之後，我又繼續打破許多碗，許多盤，碎碎平安歲歲平安。依附餐廳組織的生活如此一年一年過去了。

我也開始當控菜服務生，站在菜口，在這水深火熱的廚房戰場外緣，凝視師傅的鼎鑊綻出熊熊的赤焰，煲鍋底部一圈熹微的文火，炸爐裡翻跳澎湃的烈油，烤箱燈管散發紅暖的光芒，蒸籠逸出氤氳的煙雲，即使只是涼拌一碟沙律，那費勁的調和也要產生熱與汗珠來。

菜口設有一部觸控電腦，顯示外場已有幾桌客，每桌坐幾人，點幾道菜，點了幾分鐘。餐廳組織規定內場接獲每桌點單後必須在八分鐘內上第一道菜，在二十五分鐘內上完所有的菜——無論總共幾道。這套制度對於客人是體貼的保障，對於師傅就是近乎苛求的約束了。師傅每出一道菜，控菜服務生得將觸控電腦上相應的菜名刪除，表示那菜餚已在死線以前完成，否則便會留下逾時紀錄，伴隨責罰。

餐廳的廚房是這樣一個需要抵抗的場所。抵抗火的燙，水的溼，鍋的重，刀的利。抵抗魚的鱗，蝦的腥，檸檬的酸，洋蔥的辣。抵抗時間的百轉千迴。

下午三點整，餐廳暫時打烊了。眾人窩在店面深處的大包廂用過午餐，各自尋覓舒適的角落歇息去。冬天的日色淡極淡極，像一塊煨得剔透的苦瓜。我蜷在沙發椅上，看白淨的陽光斜斜穿過落地窗，穿過餐桌轉盤上擺設好的玻璃杯，在桌墊紙上散出虹彩。一切忽然靜了，慢了，時間彷彿停止下來。在寒冷的空氣裡，有誰放低聲音說，天氣預報表示台北市區很有降下冰霰的可能。

可是泰式餐廳永遠是熱帶。

空班時間結束，傍晚五點我一踏進菜口，外場經理隨即在領台透過耳麥告訴道：「幫我通知內場經理訂位全接滿了——只剩兩張小桌是空的。」我如實轉達後，師傅們也並無一點訝異，只是擺出很稀鬆很無所謂的表情，一副逆來順受的模樣，倒是我已經隱隱感到「炸菜」的恐怖。我委託跑菜服務生備妥十幾碟月亮蝦餅專用的梅子醬，一碟放一隻小銀匙。太焦慮了，我捏著小銀匙胡亂攪拌那金澄澄的醬，忽然想起從前還當跑菜服務生時，也曾看見控菜服務生拿小銀匙撥弄碟子裡的糖醋黃瓜，薄而圓的小綠片在湯汁裡蕩漾。

菜口的觸控電腦立刻爆滿外場輸入的菜色，同時就有將近百廿道。師傅們風急火急開始烹飪工作，炒菜炸雞烤豬蒸魚燉咖哩，各司其職。他們連環拋出菜餚給我，我亦連環拋出菜餚給跑菜服務生，菜口推門開開闔闔，服務生進進出出，步伐忙忙碌碌匆匆。然而菜色挨次絡繹加點進來，內場實在應付不及，終於超過餐廳組織規定的時限，電腦螢幕上一桌一桌亮起警告菜色逾時的紅燈。

同時有九張桌子的原味月亮蝦餅未曾送上。客人向外場服務生埋怨，服務生向外場經理報告，經理透過耳麥向我催促，我在排油煙機的巨響中扯開嗓門向師傅詢問，師傅只是敷衍答道：「還要再十五分鐘喔。」平日與師傅呼朋引伴，無非希望這種時候他們賞個臉，可惜我的面子到底不夠大。然而，這些原味月亮蝦餅早在半小時前就該出爐的，這會兒再等十五分鐘，客人哪裡受得了，外場紛紛傳來退菜的指示，一塊月亮兩塊月亮三塊月亮取消了。好不容易炸出兩塊月亮蝦餅，都是檸檬香茅口味，我知道是師傅故意將原味壓至稍後，不讓外場翻桌——反正逾時都逾時了。是有這種事情的，來自別間分店的支援服務生曾說，週末餐廳滿座，他們家的師傅扣著全部蝦煲遲遲不出，以免客人太快吃飽喝足，又換下組客人進來填補空桌——反正趕在二十五分鐘內出完就好了。我不知道師傅們此舉算是自衛或反擊，然而無論哪一種皆是可悲哀的。

俄延多時，剩下六塊原味月亮蝦餅終於出爐，我親自小心送至外場，那三桌原已割捨月亮的客人看見別桌竟有，統統又把月亮點了回來。

站在菜口這火線，站在內場與外場的中間，我明確感到內外雙方的鬥法。外場的使命是儘量提升業績，內場的使命是儘速完成菜色，然而這兩項任務其實是相互牴觸的。外場為了拉抬業績，迓客越多，點菜越多，內場越不可能在時限裡出菜，客人久候不耐，長此以往，外場的業績也將越差。這是餐廳組織內建的矛盾，卻不知不覺成為內場與外場的矛盾。然而，內場師傅並非總是被動回應外場的需求，內場師傅自有他們抵抗的策略，這晚廚房當機似的當菜，就是為了促使組織高層正視電腦留存的逾時紀錄，表達對於制度的不滿。只是我也明白了，在餐廳組織裡對抗制度，這事常常演變成組織成員之間的對抗。內場發憤當菜，終究得由外場處理紛繁的投訴案件，向客人賠罪。在餐廳裡，吃飯之人是求生，造飯之人也是求生。如此的倥傯，應是餐廳勞動的本質。

餐廳工作總是要赴湯蹈火的。許多人都待不久長，又或者，待得太久太久了，終究還是選擇離開。

每逢有人離職，餐廳的廚房又成為另一種清涼戰場。譬如那次，送走我們的領班小姐。打烊之際，師傅已經設下陷阱，那領班被誘騙進廚房，整個人掉進蓄滿冰水的大桶子裡，渾身西裝溼透冷透，又給噴了滿臉刮鬍泡。她驚聲尖叫，不甘示弱，雙手沾了團團的刮鬍泡就要四處尋仇，見誰抹誰，整間餐廳上演大逃殺。她再度進了廚房，師傅擒起水管瞄準她，她也執起洗碗的蓮蓬頭，雙方對峙打起水仗，漫天落下滂沱大雨，笑聲淅瀝淅瀝飛濺。

那一晚恰好輪到我站菜口，負責這裡最後的灑掃，心裡實在煩惱地上泡沫拖不完怎麼辦，受潮的碗盤叉匙擦不完又該怎麼辦，一邊為難著，一邊也遭遇泡沫與水花的波及，大叫大笑躲進內場的流理台，蹲下尋覓掩護，頭頂就是蒸魚的設備。這樣的贈別大約是永生難忘的。

這樣胡鬧歡送的夜晚還有好幾回。我總是偷偷落淚，因為又失去並肩工作的伙伴，可是身為一個服務生，我最該明白天下沒有不散的宴席。

本文獲第十五屆林榮三文學獎散文獎三獎

尾牙季節

冰箱散出颼颼的涼氣，整間廚房的溫度似乎也要因此下降了幾度。餐廳打烊時分，師傅在廚房裡清點鱸魚的數量，確保庫存足以供應翌日大包廂的尾牙套餐。鱸魚一尾一尾臥在金屬箱籠裡，師傅計算完畢，又央服務生去吧台製冰機取回大量冰塊，覆蓋魚身，一齊送進冷藏。這個金屬箱籠共有兩層，第一層布滿密密點點的小孔，冰塊融化以後，混著魚血滴滴流至第二層儲蓄起來。隔天上班，師傅傾去血水，再換一批冰塊，以此維持鱸魚的生鮮。我常常想，我與餐廳的關係，也許就是鱸魚與冰箱的關係，短暫的棲身場所，總有一日必須離開。

到了一年的最末，在除夕之前，一場一場尾牙聚餐就是餐廳的重要收入了。尾牙季節總是拖得很長很長，拖過了新年，就成為春酒，然而其實並沒有什麼不同，依舊是那些吃吃喝喝的聯歡，慶功，犒勞。餐廳的電話鈴聲響了又響，大包廂訂位不斷，服務生們遂戲稱這裡是百貨公司的宴會廳，動輒接下銀行聚餐，診所聚餐，畫廊聚餐，補習班聚餐。各行各業皆要至餐廳展望新年，一直熱鬧到西洋情人節之後。桌椅旁的落地窗外，冬日的天空一貫是那樣濃郁的椰奶色，彷彿就要下雪了，可是雪花從來不曾真正來到這個虛幻的南洋。

在大包廂的客人抵達以前，餐廳已經忙碌起來。外場服務生趕著設桌，搬動數十人份的餐盤叉匙，餐盤在大圓桌上俐索串起一個環。吧台服務生蒸熱並擦拭高腳杯。控菜服務生再次確認預訂的尾牙套餐，抄寫客人諸般要求交給師傅。師傅們站成一列，拿著除塵滾輪互相黏去制服上的渣滓毛屑，以免烹飪時落了什麼異物至菜餚中，引發投訴與懲處。等到客人紛紛入座，彼此寒暄，照顧大包廂的服務生透過耳麥一聲令下，各式冷飲熱菜就要開始製作。

偶然至餐廳組織的其他分店支援時，我發現並不是每間分店都有這樣一間大包廂。通常呢，一間分店設有一到兩間小包廂，小包廂裡放一張十人大圓桌，周圍以梁柱或屏風微微遮掩，成為半開放半獨立的空間。也有一些分店全無隔間設計，就光是擺出大圓桌。每當小包廂坐滿而又有大組客人到來時，那些分店會將小方桌排排併成大長桌，歐風美雨的作法，總有誰要敬陪末座，不比大圓桌上人人享有同等的挾菜的銳角。遇上突來的大組客人，那些服務生尤其謹慎忐忑，因為店面向來慣以小桌快速翻桌取勝，極少應付客人簇集的場合。於是我就忽然明白，一間分店有一間分店的地理，各間分店的服務生儘管出自同樣一套標準作業流程的訓練，身在配置迥異的桌椅之間，最終養成的技能也有細緻的差別。

我所隸屬的分店，不知為何特別寬敞：三間小包廂，小包廂外兩張大圓桌，此外尚有一間可放五張大圓桌的大包廂。這在台北各分店間應是絕無僅有的了。尾牙季節，大包廂的客人一口一口咀嚼老舊的一歲，指尖筷子來來去去，如同時鐘裡疾走的指針，走過打拋豬，走過椒麻雞，終於抵達月亮蝦餅的酥脆。

照顧大包廂，考驗的是服務生掌控場面的能力。大圓桌的轉盤每次最多可放九道菜，服務生必須時時留意：客人吃過幾道菜了？素食與主食上過了嗎？還要再請廚房準備幾道菜？烤豬與蒸魚較為費時，必須提早準備，出爐恰好嚴絲合縫填進轉盤的空缺，可是要提早多久？客人何時開始致詞、頒獎、遊戲、表演、摸彩、交換禮物？這些活動可會耽誤吃甜點的時間？該請吧台準備甜點了嗎？甜點完成前能夠收完桌上殘膏饡馥嗎?最怕就是每張桌子用餐進度各有快慢，廚房與吧台不能一口氣烹完該烹的菜，刨完該刨的冰，往往要有一番怨怒。何時詢問打包才能避免客人感到催逼?何時開始漸漸收桌，客人離席後才能立刻收完而不延遲下班的時間?

客人離席後，服務生們合力把大包廂恢復成最初的模樣，一切終於乾淨了，整齊了，然而方才的聲色歡愉總還像是一絲絲一絲絲懸宕在空氣中，留留戀戀的。

尾牙季節，大包廂裡的聚餐是一場一場基於職業與身分的宴會，我在其中穿梭不迭，偶爾也會聽見各行各業的隱私。證券公司的人聊起某某股票的慘跌，旅遊公司的人嘆著某某勝地的洪患波濤，搭配檸檬湯汁裡的鱸魚，這些災難的酸楚嘗起來理應也是富於滋味的。電器公司的人擱置競品的爭鬥，出版公司的人暫時遺忘書籍滯銷的煩惱，舒展他們的陰鬱如同舒展一尾蜷曲豔紅的草蝦。眼鏡公司的人，租賃了道具店的奇裝異服，扮成各式角色，她當當清宮格格，他當當貓耳女僕，她當當大力水手，他當當埃及法老，格格女僕水手法老皆擎起調和了七葉蘭糖水的泰式奶茶，乾杯乾杯，先乾為敬。尾牙餐敘的寓意是：人生即吞嚥。

餐廳組織的高層也來到大包廂用餐了。男主人與眾男士坐滿一張大圓桌，女主人與眾女士坐滿一張大圓桌，大大小小的孩子坐滿另外兩張大圓桌。那些孩子口裡皆是流利的英語會話，偶然切換成國語時也略帶洋腔，顯示著他們貴重的教育與階級。我在胸前別好我的英文名牌，去幫那些孩子點飲料，芒果汁柳橙汁椰子汁檸檬汁依序統計，他們的手腕舉舉歇歇，數來數去，委實數不清楚。根據餐廳組織的制度，通過考試的服務生可以獲得訂製的英文名牌，以一個簡潔的名字作為客人呼喚的代號。我們是 **Vivian**，**Morris**，**Cupid**，**Juliet**，彷彿不是我們自己。我安於這個初入餐廳時主管為我取的名字，幾乎相信自己可以佩戴著它就一直這麼生活下去。仔細想想，這簡直是一則關於誤入歧途的故事：遺忘自己的名字就無法重返原本的世界了。

在這樣的尾牙場合，我總是忽然疑惑自己的身分。一個服務生？一個研究生？一個寫作著的人？沒有誰會詢問我關於一篇文章的字句如何排列與組合。真正必須排列的是桌椅與餐盤。真正必須組合的是客人的菜色：黃咖哩，紅咖哩，綠咖哩。客人對我招招手，吩咐道：「等會兒再幫我們開兩瓶香檳好嗎？」客人帶來一盒新鮮的麝香葡萄，要求吧台冷凍起來，稍後再將冷凍葡萄兌入酒中，取代冰塊，以免稀釋了酒的風味。我捧著裝滿冷凍葡萄的玻璃盒子，拿小梅花夾一顆一顆添進客人的高腳杯，無數小綠珠玉載浮載沉於氣泡之間，飄飄欲仙，單是那玲瓏皮色便有一種微醺的迷濛。酒闌人散以後，那些麝香葡萄殘留在退潮的高腳杯裡，因為業已解凍的緣故，看上去似乎也癟皺了一點。

有一次，在新年即將到來的夜晚，餐廳外場約了下班後去吃消夜。我和幾位服務生搭著經理的汽車，被運送至高架橋下的小館子。這位經理就要結婚了，未婚妻也是餐廳組織另一間分店的經理。深藍的中古車，在黑夜裡輕輕跑著，車上的喇叭流出一首關於李白的歌曲：「大部分人要我學習去看，世俗的眼光，我認真學習了世俗眼光，世俗到天亮……」在歌聲中，我忽然對於一切感到恐怖。在餐廳工作著，結交餐廳的友人，餐廳的情人，餐廳的家人……我害怕自己過上這樣的生活，儘管我也不知道自己想要怎樣的未來。也許就是在那個時期，我模糊明白到自己並不屬於餐廳，儘管餐廳令我覺得如此安全。

在餐廳久待之後，我漸漸對於餐廳以外的世界一無所知，甚至開始生出排斥。那是對於陌生的排斥，對於複雜的排斥，因為我明確體驗到餐廳組織的經營邏輯其實是一種數學，純粹，必然，天長地久的一加一等於二。每一間餐廳分店根據既定的標準作業流程運作著，終於都成為了同一間分店，維護著它們真理也似的，唯一的答案。在我無法求得其他答案的日子，餐廳給予我的答案似乎就是不得不接受的正解了。然而，真正令人感到快樂的，從來不會是永恆，而是對於通往永恆的憧憬。缺乏了那樣的憧憬，即使確信能夠抵達遠方，遠方的更遠方，也不過是日復一日的圈禁。

因為習慣了的緣故，餐廳工作於我經常缺乏時間性。只有尾牙季節來了又來，終於也攜帶著翩然垂落的雪花，在一月的末梢來到台北。城市的平地真正飄起冰霰了。午後三點，空班時間，餐廳的電燈熄盡了，唯獨大包廂曖曖亮著，我與服務生們在這裡吃飯，休息，聊著晚上輪到誰照顧五十人尾牙宴會，笑聲裡泛著淡淡的白霧，一呼出口就立刻消散了。天氣如此寒冷，即使關掉店裡空調，也還是要哆哆嗦嗦，摩擦著雙手取暖。服務生們查閱手機傳來的新聞，在餐廳裡奔走來去，宣布哪一區下了雪，哪一區也下了雪，歡天喜地的，為了那些我們無法置身其中的景色振奮不已。

這樣的日子何等優美吉祥。我沉默說不出話來，只是坐進大包廂的角落，等待小雪靜靜封印世界的心事。

新年的氣味

年關將近的時候，公寓的管理委員會雇了清潔公司，將整棟樓徹底灑掃一番。小電梯裡的紅地毯洗過又鋪好了，走道上濛濛的大理石地磚也給打磨得生出光輝。是很有新年的意思了。經過數日，整棟公寓仍舊充滿了漂白水的氣味，淡淡的氯的氣息，久久繚繞不散。

那氣味有點刺鼻，可是聞慣了，卻也令人感到平安。無垢無塵，百毒不侵，新年是滾燙藥浴方出的人瑞，一身異香氤氳，指尖的皮膚略有皺摺了，也不知是因為老，還是因為泡得太久了，總之神清氣爽。

除夕這一天我在餐廳工作到很晚很晚，團圓的人，團圓的菜，我含笑在外場來回逡巡，看著也覺得非常美滿。我們的領班先生給某間包廂上菜時，客人打翻了桌畔的魚爐，蒸盤裡的湯汁噴上他新添購的西裝，淋淋漓漓沿著袖筒、口袋、側襬、褲管流下去，滲進去。他私下向我們抱怨道：「全是魚露的味道！真討厭！——你要不要聞聞看？」魚露這東西是這樣，澄而稠的琥珀色，甜鮮中帶著微妙的腥臊，濃郁得惱人。服務生笑問他這套西裝可要送洗，他說當然要。偏偏正好遇著春節，哪裡有洗衣店營業呢，於是他很沮喪了。

事實上，在這泰式餐廳鎮日打轉下來，身上髮上，難免沾惹各種辛香的氣味。香茅葉。檸檬汁。辣椒末。蒜頭酥。蝦醬。椰奶。南薑。豆瓣。胡椒粉。洋蔥絲。馬莎蔓咖哩。我時常覺得這些氣味是一種裝飾，如同翡翠耳環、珊瑚項鍊或金剛鑽戒指，可以配戴於肉體上，一個卑微的服務生，周身披披掛掛，珠光寶氣的，大約也算是擁有暹羅風的富麗了。

深夜下班，我去了住處附近的公園，靜靜坐著，看附近幾戶人家在這裡施放仙女棒，諸般嬉鬧。他們是一個龐大而歡樂的集團，自成一座宇宙，我只是邊緣的邊緣裡的一個旁觀者，甚至連不速之客都稱不上，就只是凝望著，猶豫著，不知是否應當再靠近一點，汲取一點光與熱。仙女棒的花火源源地潑出來，萬暗中光華射，每個孩子手心提著一串飛濺的金瀑布，這裡一揮舞，那裡一揮舞，閃爍的水花落入空中，立時消失了。我悄然想著，這就是年，輝煌而匆匆，點燃的瞬間也迎來熄滅的預告，沒有誰挽留得住。他們都散了以後，剩下滿地紅綠紙屑與垃圾，以及涼冷空氣中，那微微嗆人的硝煙氣味。

然後，緩緩緩緩，天空飄下雨絲了。緩緩緩緩。我恍惚想起，我總在餐廳的午休時間背誦菜單，努力熟記每道菜的英文與日文名字，以備接待外國客人之需。其中有一道冬粉明蝦煲，我讀著，發現冬粉的漢字竟寫作「春雨」。這是何等精巧的稱呼呢。涼而軟，透明無雜質，早春的細雨十分乾淨，幾乎就要化在空中，消失了，來不及降臨人世。

然而此刻還不到春天。經過深巷與窄弄，屋宇大門上的春字斗方仍舊倒著，福字斗方仍舊倒著，兩旁神荼與鬱壘怒目圓睜，在這深夜，祂們仍舊醒著，不曾下班。人行道上一株楊桃樹結滿了果實，宮燈也似交錯懸在枝梢間，高高低低，青青黃黃，透亮。幾枚楊桃已經熟得墜落地面了，人踩過，車輾過，碎爛了，隱隱散發一股酸甜的芬芳，闔眼深深吸一口氣，它便沁人心脾。

我繼續散步，回到充滿漂白水氣息的小公寓。

這個時候，我忽然覺得自己應當屏住呼吸，不要聞得太仔細了，不要察覺新年抵達的線索，讓它無臭無味地來，無臭無味地走。

九　歌　文　庫　　1341

青檸色時代

國家圖書館出版品預行編目 (CIP) 資料

青檸色時代 / 林薇晨 著 . -- 初版 . -- 臺北市 : 九歌 , 2020.11
面；　公分 . -- (九歌文庫 ; 1341)
ISBN　978-986-450-315-5 (平裝)
863.55　　109015097

作　　者——林薇晨
責任編輯——張晶惠
創 辦 人——蔡文甫
發 行 人——蔡澤玉
出　　版——九歌出版社有限公司
台北市 105 八德路 3 段 12 巷 57 弄 40 號
電話／02-25776564・傳真／02-25789205
郵政劃撥／0112295-1

九歌文學網　www.chiuko.com.tw

印　　刷——晨捷印製股份有限公司
法律顧問——龍躍天律師・蕭雄淋律師・董安丹律師
初　　版——2020 年 11 月
定　　價——300 元
書　　號——F1341
I S B N——978-986-450-315-5

本書榮獲 財團法人 國家文化藝術基金會 National Culture and Arts Foundation NCAF 出版補助